証人殲滅

渡辺裕之
Watanabe Hiroyuki

中央公論新社

目次

証人殲滅

オッドアイ

フェーズ０：プロローグ

七月十四日午後六時五十七分。タイグエン省バッハング。総合病院。

朝倉俊暉《あさくらしゅんき》は銃を構えて病院の階段を注意深く上がった。

二階に上がった途端、白衣を着た二人の男が廊下の奥から現れる。

身長はどちらも一八〇センチほどで武器は携帯していないようだ。無精髭《ぶしょうひげ》を生やしているのは同じだが、右の男は黒髪、左の男は茶髪である。

朝倉は咄嗟《とっさ》に銃をズボンに突っ込んで隠すと、ハンドシグナルで国松良樹《くにまつよしき》と中村篤人《なかむらあつと》に回り込んで二人の後方に行くように命じた。二人は頷《うなず》くと階段を駆け降りていく。

朝倉は白衣を着た二人の男たちの前に立ち塞がった。

「オレンジ・チームか？」

朝倉は衒《てら》いもなく尋ねた。

「オッドアイ！」

男たちの形相が変わり、いきなり殴り掛かってきた。

朝倉は左右のパンチを躱《かわ》し、コンビネーションキックも避《よ》けた。だが、二人は間髪を容《い》れずに攻撃してくる。

「いつまで避けているつもりだ」

黒髪の男がパンチを繰り出しながら尋ねた。朝倉に攻撃が届かないため、苛立《いらだ》っているらしい。

「それは俺のセリフだ」

朝倉は頷くと右の男の左フックをブロックし、左手を下ろした。朝倉のガードの隙を狙って左の男が右足を上げる。瞬間、朝倉は腰を屈《かが》め、男の軸足を左ローキックで蹴り抜く。男は両足を高く上げて頭から床に落ちた。すかさず朝倉は右横蹴りを右の男の顔面に放つ。

男は両手で受け止めて壁まで下がると、ポケットから何かを出し、朝倉の足元に投げた。米軍のM67破片手榴弾《はへんしゅりゅうだん》である。

「ちっ！」

舌打ちした朝倉は振り返ると、猛然と走った。前方に蹴ることもできたが、敵の後方にいる国松らが被弾するかもしれないからだ。四秒を数え、前方に飛ぶと同時に手榴弾は爆発した。

フェーズ1：特別強行捜査局

1

二〇二四年六月三十日、午前七時三十分。市ヶ谷《いちがや》防衛省C棟。

スーツ姿の朝倉俊暉は、表情もなくエレベーターを降りた。

「あっ」

エレベーターに乗り込もうとした制服姿の一等陸尉と鉢合わせになる。彼は朝倉と目を合わせた途端、両眼を見開き慌てて敬礼してきた。

「おはよう」

朝倉は硬い表情のまま会釈で返す。自衛官だからと言ってすれ違う度に敬礼することはない。

十数年前、陸自最強の特殊部隊特殊作戦群の隊員だった朝倉は、米軍との共同訓練中の事故で頭部を負傷した。後遺症で眼球中のメラニン色素が減少し、オッドアイ（虹彩《こうさい》異色症）という左右の目の色が違う異相になる。退官を余儀なくされて警察官になったのだが、凶悪犯相手にオッドアイの強面《こわもて》は押しが利《き》いてよかった。

　だが、通常の生活では先ほどすれ違った一等陸尉のように、朝倉の異相に妙な反応をされることが多い。慣れていても驚くようだ。もっとも今日の朝倉はあまり気分が優れないため、表情が強張《こわば》っていた。朝倉は警察庁と防衛省中央警務隊の混合捜査チーム〝特別強行捜査局〟、通称〝特捜局〟の特別捜査官である。警視庁の警視正と陸上自衛隊三等陸佐という二つの身分を併せ持つ日本で唯一の存在でもあった。

　〝特捜局〟は警察では扱えない防衛省絡みの事件、あるいは防衛省の警務隊が扱えない民間の事件に同時に対処できる特殊な捜査機関である。警視庁捜査一課で活躍していた朝倉を防衛省がリクルートする形で隊歴を復活させた。彼のために作った捜査機関と言っても過言ではない。

　朝倉が特捜局のドアを開けて中に入ると、三十人の捜査員が椅子から一斉に立ち上がった。

　特捜局の捜査課は警視庁から引き抜かれた十五人の元警察官が所属する警課と、中央警務隊から出向してきた十五人の元警務官から成る防課の二つの課で構成されていた。結成当時、警察庁と防衛省との間で捜査員の数を均等にするという取り決めがあったのだ。朝倉は副局長として二つの捜査課をまとめている。

「全員揃《そろ》っているのか。随分早いな」

　朝倉は小さく頷き、中央の通路を通って捜査員たちの前に立った。

「副局長。お言葉をお願いします」

　警課長である佐野《さの》が、朝倉に頭を下げた。

「警課は本日六月三十日付けで閉鎖し、所属の十三名は、古巣である警視庁に戻ることになる。これまで一緒に働けたことを光栄に思う。ありがとう」

頭を下げた朝倉は、警課の捜査員の顔を順に見ていった。

昨年、中国の特殊工作機関〝紅軍工作部〟に操られた野党議員とジャーナリストからありもしない醜聞を流され、特捜局は存亡の危機に陥った。

極秘捜査を主としている特捜局の内情を公表できず、政府は後藤田《ごとうだ》局長を辞任させた上で、特捜局の活動を停止させた。しかも、防衛省と謀《はか》って朝倉に第四十四次派遣海賊対処行動水上部隊の一員として護衛艦〝しおなみ〟に乗船し、ソマリアへ向かうように命じた。朝倉を日本から遠ざけることで身の安全を図ったのだ。

朝倉は自衛隊の基地があるジブチに上陸した際、紅軍工作部の昆明《こんめい》級駆逐艦によって連れさられた。朝倉はアデン湾を航行中の駆逐艦から脱出し、その後遭遇した武装テロ集団であるフーシー派からも自力で逃走した。だが、脱出した際に着用していた軍服のせいで不審な中国兵としてイエメンの海上警備隊に逮捕され、アデンにある留置場に収容されてしまう。

その情報を公安調査庁の元調査官で、フリーランスの諜報員《ちょうほういん》として活動している影山夏樹《かげやまなつき》は独自の情報網で察知した。夏樹はかつて中国や北朝鮮の諜報機関から〝冷たい狂犬〟というコードネームで恐れられた凄腕《すごうで》の諜報員である。彼は朝倉と何度も極秘任務をこなし、友人と呼べる存在となっていた。そのため、自ら朝倉救出に動いたのだ。

夏樹は、旧知の傭兵《ようへい》特殊部隊〝ケルベロス〟のリーダーである明石柊真《あかししゅうま》に協力要請をした。柊真とケルベロスのメンバーは、カイロ国際空港で夏樹と合流し、アデンで朝倉を救出している。

朝倉は極秘に帰国し、特捜局の総力を上げて〝紅軍工作部〟の下で暗躍していた野党議員とジャーナリストを逮捕し、日本に潜伏していた工作員も拘束した。

事件を解決して特捜局は再稼働したものの、防衛省主導の独善的な特捜局の運営が、協力関係にあった警察庁の不信を招いた。

警察庁は警視庁から出向している警察官に転属命令を出して警視庁に戻すことにしたのだ。

ただし、佐野は八月で六十歳をむかえ定年になるため、転属には従わず退職することになっている。主任である野口大輔《のぐちだいすけ》も、転属命令を不服とし、依願退職を申し出ていた。

「長らくお世話になりました。我々はこれで失礼します」

佐野が代表して挨拶すると、警課の捜査官は自分のデスクの上に用意してあった段ボール箱を持ち上げた。彼らは昨夜までに荷物を整理していたのだ。

「ありがとうございました」

佐野は朝倉に頭を下げ、通路の反対側の防課の捜査官らにも会釈すると、席を離れた。彼の後ろに他の捜査官が続く。

「敬礼！」

防課長である国松良樹が、号令を掛けると、防課の十四名の捜査官が一斉に敬礼する。

「お世話になったね」

佐野が笑顔で敬礼に応えた。

「みんな……」

朝倉が声を上げると、警課の捜査官が一斉に振り返った。

「俺の力不足だ。すまない」

朝倉は深々と頭を下げた。

「なんの、副局長が頭を下げる必要はありません。やりがいがあったし、何より楽しかったですよ。今度改めて飲みましょう」

佐野が柔和な顔で答えると、他の警察官も頷いた。朝倉の言葉を聞いて涙を流す者もいる。防課の捜査員も敬礼したまま頬を濡《ぬ》らした。

「ありがとう」

朝倉は大きく頷き、警課の捜査官一人一人と握手をして別れた。

2

七月一日、午前七時十分。市ヶ谷防衛省。

トレーニングウェア姿の朝倉は、敷地内の道路をジョギングしていた。

気温は二十六度、曇り空で日差しは気にしなくてよいが、風もなく蒸す。

一周で一・八キロになるようにコースを考えて走っている。五周半走っているので十キロ近く走っていた。だが、今日はいくら走っても昨日のことがあるので気が晴れない。

昨年の三月に紅軍工作部による事件を解決してから一ヶ月ほどマスコミを避けるために、朝倉は防衛省内にある隊舎に住み込んだ。

それまでは、マスコミはデマを鵜呑《うの》みにして特捜局は腐敗していると激しく糾弾していたが、今度は掌返《てのひらがえ》しで褒《ほ》め称《たた》えたのだ。事件当初からマスコミは副局長である朝倉の自宅にまで押しかけてきていたので、妻の幸恵《さちえ》も実家があるK島に帰っていた。普段の生活に戻れたのはゴールデンウィーク明けであった。

しかし、今年になって一週間ほど前からまたマスコミが夏目坂《なつめざか》にある自宅マンション周辺を彷徨《うろつ》き始めた。特捜局の警課が廃止されるという情報をどこからか嗅ぎつけたのだろう。朝倉は再び隊舎の厄介になり、幸恵も実家に帰った。彼女はフリーランスの旅行プランナーなので、仕事に差し支えることはない。だが、度重なるマスコミ関係者のプライバシー侵害に夫婦ともども辟易《へきえき》していた。それだけならいいのだが、近隣からクレームも多く寄せられた。そのためマンションは売却し、引っ越しをする予定である。

左腕のスマートウォッチが振動した。チタニウムケースで水深四百メートルの耐水性能があるという優れものだ。だが、頑丈という理由だけで装着しているわけではない。

「はい」

朝倉はブルートゥースイヤホンの通話ボタンをタップし、スマートウォッチに掛かってきた電話に出た。スマートフォンがなくても、いつでも電話に出られるように仕方なく購入したのだ。

「着替えてもいいですか。……急ぎですね。……了解です」

苦笑した朝倉は大本営地下壕跡の南側にある道路を西に向かって走り、そのままC棟の脇を抜けて市ヶ谷記念館前のスロープを上った。

一九九九年に防衛庁は大掛かりな改修工事を行い、市ヶ谷駐屯地にあった陸軍士官学校本部（市ヶ谷台一号館）の規模を約十六分の一にして復元し、〝市ヶ谷記念館〟として一般公開している。市民団体の要望に応える形で、歴史的建造物を取り壊さずに残したのだ。防衛省内の民間人向けの見学である〝市ヶ谷ツアー〟のコースにもなっている。

朝倉は玄関ホールを抜け、大講堂に入った。壁際に明治・大正・昭和の軍服が陳列されているガラスケースが並び、陸軍士官学校教範等の資料もショーケースに展示してある。渋いモザイクパーケットフローリングのフロアーの中央には教会にあるような木製の長椅子が並べられていた。

奥の長椅子に座っていた二人の男が立ち上がって振り返った。右に立っている男はスーツ、左の男は陸自の制服を着ていた。階級は二佐である。

「着替えるって、なるほど、そんな格好で防衛省を闊歩《かっぽ》しているとは、私も思わなかった」

右に立っている年配の男が、苦笑を浮かべた。防衛省事務次官の守谷誠司《もりやせいじ》で、特捜局の防衛省側の責任者である。警察庁が特捜局から手を引いたため、現在は彼が単独のトップということになる。

「ジョギングしていたんですよ」

朝倉は二人の前で立ち止まった。

「紹介しよう。こちらは、空挺団《くうていだん》第三普通科大隊長だった柳沼秀雄《やぎぬまひでお》二佐だ。今日付けで彼に特捜局長をお願いした」

守谷は唐突に紹介してきた。昨年の二月に後藤田局長が退官してから、局長は空席になっており、朝倉が代理として兼任していた。紅軍工作部の事件以来、警察庁とのごたごたが続き、特捜局長の後任の引き受け手がいなかったそうだ。火中の栗を拾う者はいなかったらしい。

「朝倉俊暉です。よろしくお願いします」

朝倉は深々と頭を下げた。新しい局長は七月一日に赴任すると聞いていたが、まさか当日に紹介されるとは思っていなかった。着任は、昨日まで調整されていたのかもしれない。

「お噂《うわさ》はかねがね伺っています。部隊の任期が切れたところで、局長にならないかと紹介を受け、二つ返事で引き受けました」

柳沼は階級が下の朝倉になぜか丁寧な言葉遣いをしている。年齢は変わらなそうだ。「二つ返事で」と言っているが、着任がぎりぎりまで掛かったので何か訳があるのかもしれない。

「すまないが、私は失礼する。二佐の着任は今日からだ。三佐はサポートをよろしく頼む」

守谷は朝倉と柳沼に軽く頭を下げると、大講堂から出て行った。

「二佐。朝礼は〇八〇〇《まるはちまるまる》です。私から職員にご紹介します。あまり気を遣わないでください」

朝倉は笑みを浮かべた。

「気を遣わないと言われましてもね。階級は下ですが、あなたは私の先輩になりますから」

柳沼は意味不明なことを言って笑った。

「先輩？」

朝倉は首を傾《かし》げた。

「お互い守秘義務はありますが、私は第三期です。あなたは第一期に登録されていますが、正確には〇期ですよね。あなたの階級が私より下なのは、警視庁に所属した分上がっていないからです。本来ならあなたは一佐で、私の上官のはずです」

柳沼は声を潜《ひそ》めた。

「……そういうことですか」

朝倉は絶句した。

二十年以上前、朝倉は第一空挺団から転属し、特戦群を創設するための名もない特殊部隊で訓練を受けていた。米国の特殊部隊であるグリーンベレーやデルタフォースに倣《なら》って部隊を編制するため、過酷な訓練の毎日だった。

陸自の様々な部隊からレンジャー課程を通過した選《え》りすぐりの人員が六十名以上極秘で集められて、最終的に残ったのは二十名に満たなかった。厳しい査定に残った超のつく精鋭たちで、特戦群を創設したのだ。

だが、創設を発表する直前の最終訓練であるハワイでの米軍との合同演習で、朝倉は爆破事故に遭遇し致命的な負傷をし、特戦群を去った。

柳沼は朝倉が第一期の特戦群のリストに残っていることを知っており、なおかつ自分は第三期のメンバーだと言っているのだ。空挺団の先輩というだけなら、隠す必要はないのではっきりそう言うはずだ。朝倉が特戦群に所属していたことは守谷も知らないので、二人だけになってから切り出したに違いない。人気《ひとけ》のない記念館を選んだのは守谷ではなく、彼だったのだろう。

「改めてよろしくお願いします」

柳沼は右手を差し出した。

「こちらこそ」

朝倉は柳沼と固い握手をした。

3

スーツ姿の朝倉は、C棟の廊下を柳沼とともに歩いていた。

隊舎で急いで着替え、厚生棟一階にある〝吉野家〟で食事をしている柳沼を迎えに行ってきたのだ。朝から牛丼を食べるという柳沼は同じ部隊出身ということもあり、朝倉と似ている。気合を入れるときは、朝からトンカツか牛丼と信じているのだろう。

厚生棟の一階には防衛省職員の共済組合のほかに、食堂やコンビニやコーヒーショップがある。〝はなまるうどん〟もあり、朝はあっさりと肉うどんを食べる手もあるが昼までもたない。

朝倉も迎えに行ったついでに、大盛りの牛丼に生卵をトッピングして五分と掛からずに食べている。

早食いは刑事時代に鍛えた特技と言えた。

「午後は雨かな」

柳沼は空を見上げて言った。特戦群の隊員なら天気予報を見なくても、雲や風や湿度を感じて気象状況は把握できる。彼は大きなバックパックを、あえて背負わず手に提《さ》げている。制服に皺《しわ》がよらないようにしているのだろう。特捜局にも制服はあるが、儀礼や自衛隊基地訪問時に限って着用している。

厚生棟からC棟までは三百メートルほど離れており、柳沼は黙っているのであえて話しかけない。特戦群出身者にお喋《しゃべ》りはいないことを思い出した。

特捜局のドアの前で立ち止まり、スマートウォッチを見た。午前七時五十五分、いい時間だ。

「局長、入室！」

ドアを開けると、国松の号令とともに中央の通路の両脇に立っていた捜査員が一斉に敬礼する。

昨日、佐野ら警課の警察官が退出した後で、模様替えをした。十五名分のデスクと椅子を倉庫に片付け、一人一人のデスクの間隔を開けてゆとりを持たせた配置にし、通路の幅も広げている。

「なっ」

朝倉は右眉をぴくりとさせ、振り返った。捜査員たちは新任の局長を試そうと、いままでしたこともない出迎えをしたらしい。

「おはよう」

柳沼は、落ち着いて敬礼したまま通路を進んでいる。捜査員たちの閲兵式《えっぺいしき》のような出迎えにあえて乗っているのだろう。発案者は、捜査係長の中村篤人に違いない。彼ほど冗談好きな男はいないが、柳沼が動じないので目論見《もくろみ》は外れたようだ。

「直れ！」

朝倉と柳沼が捜査員たちの前に向き直ると、国松が号令を掛けて直立不動の姿勢になる。

「本日、七月一日付けで赴任された柳沼秀雄二佐を紹介する。二佐、お言葉をお願いいたします」

朝倉は捜査員たちの思惑に乗ったように見せるため、柳沼に丁寧に頭を下げた。

「すまないが、立っていられると落ち着かないから座ってくれないか」

苦笑を浮かべた柳沼は、右手を上下させて捜査員を座らせた。

「本日着任した柳沼秀雄です。昨日、警課が廃止され、本日付けで防課という名称は捜査課に統一されます。結果的には捜査課が縮小されたことになります。皆さん動揺されている中とは思いますが、同様に、私も戸惑《とまど》っております」

柳沼はそう言うと、捜査員たちを見回して咳払《せきばら》いをした。「動揺」と「同様」を掛けたらしい。捜査員たちは微妙な親父《おやじ》ギャグに顔を見合わせた。

「皆さんから見れば私は、倍の人数の捜査課を指揮していた前任者より見劣りするでしょう。指揮官として同じ働きはできないかもしれませんが、私なりのやり方で努力します。よろしくお願いします」

柳沼は無難にまとめて挨拶を終えると、奥の局長室に入った。捜査員たちは呆気《あっけ》に取られながらも拍手をしたので、それなりに柳沼を認めたようだ。

「各自、仕事に戻ってくれ」

朝倉は捜査員たちを解散させ、左奥の自分の席に座った。以前はパーテーションに囲まれて部屋のようになっていたが、局長不在になってからは、捜査員らとコミュニケーションが取りやすいようにパーテーションを片付けてオープンエリアにしている。また、局長代理になっても局長室は使わなかった。

「副局長。ちょっといいですか？」

中村は自分の椅子を引っ張ってきた。席が近くなのだ。それにパーテーションがあってもなくてもこの男には関係ない。捜査で地方に出張する際に釣り道具を持参するほどの釣りバカなのだ。朝倉と国松と中村の三人は、特捜局の「釣りバカ三銃士」と呼ばれている。三人でよく釣りに行くので、朝倉を上司と思っていないのだろう。

「なんだ？　耳寄りな釣り情報でもあるのか？」

朝倉はデスクの引き出しから、地方の警務隊から寄せられた報告書を出した。普段は、日本中にある駐屯地や基地で起きた事件事故の確認をしている。以前の特捜局は警察と警務隊のハイブリッド捜査機関のため、自衛隊だけでなく県警からも捜査協力を求められることが多かった。

だが、昨年の事件後のごたごたで、地方警察からの応援要請は激減し、直近の一ヶ月はゼロになっている。昨日、警察庁と決別したので、今後は警察関係からの応援要請は来ないだろう。そのため、警務隊の資料を見ているのだ。

「人聞きの悪い。私が気にしているのは、釣り情報だけじゃありませんよ」

中村は右手を大袈裟《おおげさ》に振った。

「局長の出迎えは、おまえが企画したんだろう？」

朝倉は中村をちらりと見て尋ねた。

「えへっ。分かりました？　失礼がないようにって、私が課長に進言したんですよ」

中村は自慢げに答えた。

「そんなところだろうと思った。それで、何の用だ？」

中村は声を潜めて尋ねてきた。

「今度の局長は、どんな人ですか？」

朝倉は書類を見ながら素気《そっけ》なく答えた。

「仕事をするうちに分かるだろう。俺も今日が初対面だ」

「それじゃ、趣味はどうですか？　ゴルフですか？　釣りだったらいいなあ」

中村は腕を組んで勝手に話している。

「知るか。おまえ、暇なのか？」

朝倉は書類から目を離し、中村を睨《にら》みつけた。

「いっ、いえ。暇じゃありませんよ。ただ、職場を代表して質問していただけです」

慌てて中村は立ち上がった。

「副局長。ちょっといいですか？」

局長室のドアが開き、柳沼が手招きした。内線電話はあるが、内線番号を知らないのだろう。前任から引き継ぎもなく着任したので、知らないのも無理はない。局長室には書類の類《たぐい》は何も置かれていない。デジタル化されているので、特捜局のサーバーにアクセスして閲覧するのだ。

「はい」

朝倉は中村の顔を見て首を横に振ると、席を立った。

中村は名残《なごり》惜しそうにしていたが、諦めたのか自席に戻っている。

「失礼します」

朝倉は軽く声を掛けてから、部屋に入った。

4

特捜局長の執務室は机と椅子、それに打ち合わせ用のソファーとスチール製の本棚があるだけである。

前任者の後藤田は無駄な物を一切置かなかった。本棚には防衛白書や陸海空の関連図書、それに後藤田が経費で購入した捜査関係の図書などが残されている。彼は退官する際に、手提げバッグに私物である愛用のペンだけ入れて執務室を後にした。彼ほど清廉潔白な人物はいないだろう。

「座っていいですか？」

朝倉は壁際に立てかけてある折り畳み椅子を指差した。

「どうぞ。ソファーを勧めるつもりだったんですけどね」

苦笑した柳沼は傍《かたわ》らに置いてあるバックパックから書類を出した。

朝倉は机の前に折り畳み椅子を広げて座った。これは前任の後藤田との打ち合わせ時の馴染《なじ》みのスタイルである。上官に対しては気を付けの姿勢で話を聞くのが普通だが、特捜局に慣れてもらおうとあえて自衛隊式を避けたのだ。その意味では、中村の儀仗礼《ぎじょうれい》なみの出迎えは、新任の局長を試すと同時に自衛隊に対する皮肉とも言えた。

「早速ですが、任務が入っています。本来なら、あなたに直接連絡が行くはずでしたが、私が着任したことで誰かさんが気を遣ったみたいですね。任務の内容は、記念館でも説明できましたが、特捜局に来てからと自分なりにけじめをつけたかったのです」

柳沼は真面目《まじめ》な顔で言った。誰かさんとは守谷のことだろう。

「組織のトップは、あなただ。当然ですよ」

朝倉は肩を竦《すく》めた。

「この打ち合わせが終わったら、すぐに青森《あおもり》に発《た》ってください」

柳沼はブルーのファイルを差し出した。

「青森？」

朝倉は立ち上がってファイルを受け取った。青森と聞いてピンときた。今日未明、青森の陸自の官舎で火事があり、死傷者が出たというニュースを思い出したのだ。

「それを見る前に少し話を聞いてください」

柳沼は神妙な顔になった。

「はい……」

朝倉は開き掛けたファイルを閉じた。

「私は特戦群から空挺団の大隊長を務めました。先ほどは任期が切れたので、特捜局長を引き受けたと言いましたが、それは表向きのことです」

柳沼は声を潜めた。

「えっ？」

朝倉は右眉を上げた。

「私の任期は一年残っていたんです。その後、特戦群の教官になることを希望していました。正直言って、空挺団よりも特戦群の方がやりがいを感じていたからです。すみません。横道にそれました。私が初めて特捜局長の話を頂いたのは、二週間前です」

「二週間前？　着任の直前に話を聞いたんじゃないんですか？」

朝倉は思わず話を遮った。

「これから話すことはトップシークレットです。守谷防衛省事務次官から話を伺ったのは、確かに四日前で、私は彼から話を聞いて引き受けたことになっています。しかし、守谷さんは裏の事情を知りません。私に転属の命令を出したのは、幕僚長なのです」

柳沼は声を潜めたまま言った。幕僚長は制服組のトップである。

「幕僚長ですか」

朝倉は首を傾げた。嫌な予感がする。自衛隊のトップが個別の人事に直接関わることは、普通ありえないからだ。

「特捜局は民間人への警察権を持った自衛隊で唯一の組織、そこが重要なんです。防衛省は特捜局を防衛省の直下として、大きな組織にするつもりのようです。そのためには、警察庁とのつながりが邪魔だった。警察庁とのごたごたは、やらせだったのではないかと私は考えています。唐突に特捜局から警察庁を締め出せば、マスコミは絶対裏を調べるでしょう。しかし昨年の事件がきっかけで警察庁と防衛省の関係が悪化したことにすれば、誰も疑わない」

柳沼は溜息《ためいき》を吐《つ》いた。

「やらせ？　……防衛省直下の組織にするために、警察庁に手を引かせたんですか。幕僚長が動いているのは、政府の思惑だからですね。下々《しもじも》の我々は、何も知らされないのですか」

朝倉は舌打ちした。政府の思惑で佐野ら警察官が締め出されたのなら面白くない。

「朝倉さん、ご立腹とは思いますが、政府は昨年の事件に危機感を覚えて構造改革を決行したのです。他の局員に知らせることはできませんが、あなたはセキュリティレベルが高い。だからすべてを話しました。それに、あなたの協力なしでは特捜局の存在はあり得ない。あなたがあってこその特捜局だからです」

柳沼はゆっくりと頷いた。

紅軍工作部が起こした事件は、特捜局を潰すのが目的だったと結論づけられている。だが、政府は形を変えた日本への侵略行為であり、中国からの攻撃と判断したようだ。

「……自衛隊が単独で警察権を持つ。確かに現在はそうなりました。あなたは、政府が特捜局を今後、どうするのか聞いていますか？」

渋々納得した朝倉は尋《たず》ねた。一時的に警察庁と袂《たもと》を分かっただけで、元の鞘《さや》に収まる可能性が高いと楽観視していた。

「実は私も詳しくは聞いていません。ただ、今後、特捜局の性質は事件捜査だけでなく、国防に繋《つな》がると聞かされました。おそらく海上自衛隊が関係しているのでしょう。特捜局を拡大するというのは海上自衛官を特捜局の捜査員にし、すべての護衛艦に配備することだと思われます。領海に侵入した他国の船に対して臨検し、場合によっては逮捕もできる。中国籍の船が頻繁に領海に侵入することが引き金となったのかもしれません。特戦群は戦時の最前線に立つ部隊ですが、特捜局は平時の最前線に立つ組織になるのです。それを聞いて私は引き受けました。もっとも、幕僚長に直接依頼されて、断れる自衛官はいないでしょう。朝倉さん、あなたは首を横に振れますか？」

柳沼は真剣な眼差しで言った。

「うーむ」

朝倉は絶句した。自分なら拒絶できると言いたいが、生粋《きっすい》の自衛官である柳沼を責めることはできない。それに海上自衛隊という言葉で、ぴんときた。朝倉は昨年海賊対処行動水上部隊に参加し、護衛艦〝しおなみ〟に、海上保安庁の武装した海上保安官が乗船していることを知った。海賊に対処するといっても、逮捕権を持たない自衛官だけでは臨検もできないからだ。

「朝倉さん。あなたの協力なしで特捜局は存続できない。幕僚長は、私ではなく、むしろあなたに直接要請するべきだったのです。だが、あなた自身が自衛官と警察官の身分を持つので、頼みにくかったのでしょう。特戦群出身の私なら、あなたを説得できると考えられたようです」

柳沼は言いづらそうに言った。幕僚長は命令しても朝倉が拒絶する可能性も考えたのだろう。朝倉のこれまでの経歴を見て予見したのかもしれない。

殺人課の刑事をしていた際、捜査方針に異を唱えて犯人を特定し、事件を解決した。反骨精神というのではない。自分の信じる正義と真実を追究した結果である。

「それで、私はどうすればいいのですか？」

朝倉は大きな息を吐き出して尋ねた。

「今はこれまで通りに行動してください。それから、この場で私が話したことは、他言しないようにしてもらえますか。お願いします」

柳沼は頭を下げた。

「分かりました」

朝倉はファイルを手に立ち上がった。

フェーズ2：疑惑の炎

1

七月一日、午後二時三十五分。青森空港。

朝倉はボーディングブリッジを渡り、到着ロビーに出た。

十三時二十分羽田《はねだ》空港発、青森空港行きの日本航空機に乗ってきたのだ。青森は朝から雨が降っていたらしいが、ほぼ定刻通り着陸していた。

特捜局では、経費節減のためなるべく自衛隊機での移動を推奨している。だが、都合よく青森の三《み》沢《さわ》基地に到着する輸送機がなかったのだ。

まっすぐ空港内にあるレンタカー会社のカウンターに行き、手続きをすませた。

今朝、青森市内にある陸自の近野《ちかの》官舎で火事があり、二人の死者を出していた。事故と事件の両面で捜査することになっている。

青森駐屯地の警務隊の迎えを断り、現場で合流するように伝えてあった。現場だけでなく、自由に行動したいためにあえてレンタカーを借りたのだ。

「お待たせしました。民間機は、乗り心地はいいですが、荷物を預けるのは面倒ですね」

中村が大きな二つのスーツケースを手に現れた。鑑識道具が嵩張《かさば》るので、荷物を預けていたのだ。もっとも、密《ひそ》かに釣り道具も隠し持っているのだろう。

青森には中村だけ同行させていた。彼は普段はのんびりとしており官憲という雰囲気もないが、朝倉と柳沼以外でレンジャー課程を修了した特捜局唯一の捜査員なのだ。

それに、中央警務隊に長く在籍していたので、高度な鑑識技術も持っている。中央警務隊の捜査員は、警察官と違って捜査だけでなく、鑑識作業も自分でこなすことを要求されるのだ。朝倉は特捜局の初動捜査班のリーダーで、中村はサブリーダーになっているため、少人数で行動する場合は彼を伴うのだ。

朝倉と中村は受付の指示に従って空港ビルを出た。

「雨は止《や》みそうにありませんね」

中村は空を見上げて大きな溜息を吐いた。特捜局ではいつもと変わらない素ぶりを見せていたが、捜査課から警課がなくなったことにショックを受けているようだ。本部でいつものように振る舞っていたのは部下への配慮もあったのだろう。

二人は近くの〝レンタカー・ターミナル〟に用意されていたアクアに乗り込んだ。

空港を出て雑草と低木に覆われた法面《のりめん》が続く高田《たかた》バイパスを数分走ると、視界が一気に広がる。東北新幹線の高架橋を越え、初めての交差点の赤信号で停まった。交通案内板に直進は「青森市街

（妙見《みょうけん》）」、左は「環状バイパス」と記されている。

中村は青信号で左折し、田園地帯を抜ける直線道路に入った。雨のせいもあるが、一キロほど先は霞《かす》んで見える。

「北海道のように広いですね」

中村は周囲を見回して言った。

「大袈裟なやつだ。地平線が見えるわけじゃないだろう」

朝倉は苦笑した。確かに田園地帯は広く、市街地も扇状に広がる平野にあるが、津軽《つがる》山地に囲まれている。晴れていれば津軽山地の山際が見えるはずだが、雨が降っているのでよく見えない。高い建物や構造物がないので見通しがよく、その分広く感じるのだろう。

青森自動車道の高架橋を潜り、一キロ近く進んで、路地に入った。数十メートル先に迷彩制服の警務官が立っている。朝倉は事前に青森駐屯地の第百二十四地区警務隊に連絡し、現場の保全を行うように指示していた。

現場検証は、地元の消防局が行っている。いわゆる〝火災調査〟は消防法に定められているのだ。通常は消防の〝消防課調査係〟が行い、警察も立ち会うが、今回は特捜局が調査するので県警の捜査は断っている。プロの鑑識でも、現場に人が立ち入ることで証拠が荒らされる可能性があるからだ。

中村は警務官の前に車を停めた。雨降る中、朝倉を出迎えるために立っていたのだろう。

「朝倉三佐のお車でしょうか？」

警務官は車を覗《のぞ》き込《こ》んできた。

「そうです」

中村は運転席のウィンドウを開けて答えた。

「駐車場にお車を入れてください」

警務官は右腕を振って誘導した。

出入口の右手に〝自衛隊官舎地区につき　関係者以外の立入を禁ずる〟と書かれた立て看板があるが、出入口を閉じる門はない。看板がなければ、外観は民間のアパートと変わりない。

中村は駐車場の奥に停めてある警務隊のパトカーの横に車を停めた。

朝倉はスーツのジャケットを脱ぎ、ＳＥＢＩ（Special Enforcement Bureau of Investigation）と刺繍《ししゅう》された特捜局のキャップを被《かぶ》り、揃《そろ》いのジャケットを着て車から降りた。

どちらも防水加工だけでなく防刃繊維で作った特注品である。二ヶ月前に発注したのだが、特捜局に届いたのは今朝だったため警課の捜査員には渡すことができなかった。

パトカー脇に立っていた警務官が目の前に立った。階級章は一等陸尉とある。

「朝倉三佐でしょうか？　私は百二十四警、奥井《おくい》基康《もとやす》です。彼は岡村《おかむら》聡太《そうた》三尉です。本日は三佐のサポートを命じられました」

奥井が敬礼すると、敷地内に誘導してくれた警務官も駆け寄って敬礼した。

「朝倉です。彼は特捜の係長で中村篤人三尉です。よろしくお願いします」

朝倉は丁寧に敬礼を返すと、車から降りてきた中村を紹介した。

「現場をすぐにご覧になりますか？」

奥井は正面の建物を指差した。民間の住宅に囲まれた敷地の南側に三階建ての古い官舎があり、北側は駐車場になっている。官舎は東西に長く、二つの出入口があった。三階の西側にある角部屋の窓の周囲が黒くなっている。火災で煙が噴き出した跡だろう。

自衛隊の基地や駐屯地内には隊舎があり、災害派遣や有事に対処するため、独身自衛官は基本的に営内隊舎に居住する義務がある。

営外にある官舎は家族や移動勤務者用で、自衛隊幹部は営外居住が義務付けられている。幹部になると転勤が多くなり、官舎や賃貸物件を探さなければならない。しかも引っ越し費用は支給されないので、幹部になると引っ越し貧乏になるという。

「案内してくれ。住人は？」

朝倉は歩きながら尋ねた。中村は鑑識道具を入れたスーツケースを提げて付いてくる。

「隊員は勤務中で、家族は一時避難しているため官舎は無人です。ただし、今日は駐屯地から出ないように要請してあります。例外として、体調不良の竹野夫妻はホテルで療養中です。リストはこちらです。それから消防の調査課の報告書もご覧ください」

西側の出入口の軒下に入ると、奥井は手提げ鞄《かばん》からファイルを出した。

「ありがとう」

朝倉はざっとリストに目を通すと、中村に渡した。部屋は全部で十八部屋あり、一階の二部屋が空いているので、現在は十六世帯が住んでいるようだ。消防の調査課は早朝から火災現場を検証し、午前中に調査を終えていたらしい。民間の住居とは違うため、報告書も短時間で作成されたのだろう。

薄暗い階段を上がった。自衛隊の官舎は新築物件も僅かにあるが、大半は昭和に建てられて老朽化している。警察の官舎も似たようなものだが、自衛隊の官舎のトイレは配管が剝《む》き出し、床は薄汚れたタイルというのが標準らしい。

また、バランス釜と呼ばれる浴室内に湯沸かし器があるタイプも建設当時のままで、故障しても浴室の修理の許可は得られない。機具が古すぎて修理すらできず、浴室の改修工事をしなければならないからだろう。防衛費は年々増加しているが、福利厚生施設は老朽化するばかりで、待遇は悪くなる一方である。新兵器を導入しても、それを扱う自衛隊員が減少しては意味がない。このままではシンガポールのように人員不足を補うために武器をロボット化する他ないだろう。

階段には様々な足跡が付いている。消火作業をした消防隊員の足跡もあるはずだ。

一階の出入口ですでに火事現場独特の異臭を感じていたが、三階に近付くほど鼻に突く匂いは酷くなる。

「一階から三階の廊下の窓はすべて開けてありますが、一、二週間は匂いが消えないでしょうね。それに消防の放水で、水浸しです。住人は当面の間、ホテル暮らしです」

奥井は三階の廊下に上がって立ち止まった。廊下はまだ濡れており、天井や壁は煤《すす》で黒く塗り潰されたように汚れている。

「ここから先は靴カバーを着けてください」

背後から中村が声を掛けてきた。

「そうだな」

苦笑した朝倉は中村からビニール製の靴カバーを受け取り、靴の上から着けた。火災現場は消火作業で踏み荒らされるので、いまさら靴カバーはいらないとは思うが、捜査に慎重過ぎるということはない。

「こちらです」

奥井も靴カバーを着けると、廊下の突き当たりの三〇一号室に案内した。ドアは開け放たれており、中は煤けて満遍なく焼けている。部屋の中を容赦のない炎が舐《な》めるように焼いたのだろう。

「火元はどこだ？」

朝倉は廊下を進み、リビングを見回した。

「こちらです」

奥井はリビングの壁に貼り付けてあるブルーシートを外した。隣りの部屋をシートで仕切ってあったのだ。

黒焦げの床の上に性別も分からない二つの焼死体が転がっている。

「他に怪我人《けがにん》はないと聞いたが、どうして、この二人だけ逃げ遅れたのだ？」

朝倉は首を傾げた。

「被害者は藤野武雄《ふじのたけお》二等陸尉と奥様の早苗《さなえ》さんです。二人は病気でこの数日寝込んでいました。隣室の夫婦も具合が悪く、脱出するのが精一杯の状態だったそうです。他の二階と三階の住人は独身で、小谷《こたに》演習場で行われた大規模訓練のため、昨夜は留守でした。一階はいずれもお子さんもいる四世帯で、消防隊が到着するまで備え付けの消火器で消火活動をしていました」

病気の夫婦を助け出す住人もいなかったらしい。不運が重なり、亡くなったようだ。

「まずは仏さんに挨拶をしよう」

朝倉と中村は二つの死体に手を合わせた。

2

午後四時二十分。青森市、近野官舎。

朝倉と中村は、火元となった寝室の窓枠など煙で燻《いぶ》されていない場所から指紋採取をしていた。

死体は警務隊に頼んで県警が検死解剖を委託しているH大学に運ばせてある。H大学の大学院医学研究科には、死体検査学と臨床法医学を研究する法医学部門があるのだ。

「指紋がほとんどありませんよ。亡くなった奥さんが綺麗《きれい》好きだったんですかね。どういうことでしょうか？」

中村は窓枠に腰掛けて首を傾げた。寝室の窓から身を乗り出し、外側の窓枠を調べていたのだ。指紋は経年劣化するが、通常は柱や壁や窓枠には住人の指紋が無数に残っている。火災の熱や煤で採取は難しいが、極端に指紋が少ないのだ。

「そうかもしれない。一課にいる時、火災現場を何度も見たことがある。煤で汚れているだけなら指紋を採取できることがあった。だが、それもなさそうだ。壁を綺麗に拭き取ってあったんだろうな。だが、それが掃除だったのかは疑問だ」

　朝倉は険しい表情で言った。

「ボスは殺しだと思っているんですか？」

　中村は額の汗を首に巻いたタオルで拭った。

「検死解剖の結果を聞かないと分からないが、疑問は尽きない。火元は寝室で寝煙草《ねたばこ》が原因だと消防の調査課は結論を出した。煙草の火が畳や布団に燃え移り、寝酒のテキーラが、燃焼促進剤の代わりになったらしい。だが、夫婦は重い風邪《かぜ》の症状で寝込んでいたんだ。高熱で動けない人間が寝酒や煙草を吸うだろうか。その状況がそもそも納得できない」

　朝倉は高熱で砕けたテキーラの瓶の欠片《かけら》をピンセットで摑《つか》み、証拠品袋に入れながら言った。台所の棚には未開封のテキーラの瓶もあったので、普段から愛飲していたようだ。

「私もそう思います。チームを呼び寄せて徹底的に調べさせませんか？」

　中村は真面目な顔でまともなことを言った。仕事はできる男なのだ。

「二人だけじゃ、消防の調査以上の結果は得られそうにないからな。さっき指示を出しておいた」

　朝倉は立ち上がると、ラテックスの手袋を外して寝室から出た。中村から提案される前に国松にメールを送っていた。明日の朝一番の横田《よこた》基地を出発する輸送機で来るようだ。朝倉と中村はあくまでも初動捜査をして、事件性があると判断したら応援を呼ぶことになっていた。はじめから大人数で交通費をかけるわけにはいかないのだ。

「さすが。それじゃ、駐屯地で聞き込みを開始しますか？」

中村も寝室から出た。

「おまえ、ちょっとおかしいぞ」

朝倉は中村を見て首を傾げた。駐屯地で聞き込みをするのは当然だが、その前にカフェで休みたいとか、早めの晩御飯を食べたいと言うのが普段の中村である。

「私はいつも通りですよ」

中村は肩を竦めた。

「いつもより、まとも過ぎる」

朝倉は鼻先で笑った。

「何を仰《おっしゃ》いますか。テキパキと仕事をこなしましょうよ」

中村は鑑識道具を専用のバッグに片付け始めた。持参したスーツケースの一つに指紋採取の道具や証拠品袋を入れてあったのだ。

「仕事をテキパキと終わらせて、夜中に何かするつもりか？」

朝倉は訝《いぶか》しげに中村を見た。

「へっ？　まあ、時間ができればの話ですが」

中村の肩がぴくりと動いた。彼の魂胆は分かっている。

「いいポイントは見つかったのか？」

「ポイントですか。青森港の北防波堤を狙っています。メバル、サワラ、タイが釣れたという情報も得ております」

中村はすらすらと答えた。やはり夜釣りに行くつもりらしい。

「一人で行くつもりか？」

朝倉は眉を吊《つ》り上げた。

「まさか。もちろん、ボスのロッドも用意してありますよ」

中村は得意げに答えた。

「捜査が終了したら夜間の外出を許可してやる。存分に楽しんで来い」

朝倉は表情もなく言った。

「えっ。それって、今日の捜査が終了という意味ですか？」

中村はわざとらしく首を傾げている。

「馬鹿野郎。捜査の終了は、犯人逮捕に決まっているだろう」

朝倉はふんと鼻息を漏らした。

「……分かりました。それでは、なおさら捜査を早く進めましょう」

中村は鼻の穴を膨らませて言った。期待はずれで怒っているのだろう。

「ブリーフケースだけでいい。俺たちは、撤収だ」

朝倉も指紋採取で使っていた刷毛《はけ》などの道具を指紋採取キットの袋に仕舞った。他にも鑑識道具を入れてあるスーツケースは応援のチームが使うことになる。持ち帰る必要はない。

二人は階段を下りて出入口で靴のビニールカバーを外した。

「ご苦労様です」

出入口に立って警備していた奥井と岡村が、頭を下げた。

「これから、駐屯地で聞き込みをしたい」

朝倉は奥井に言った。

「ご案内します」

奥井が返事をすると同時に岡村が、パトカーに乗り込んだ。先導するつもりなのだろう。

「鑑識作業は終わっていない。三階の出入りを禁止する。官舎の保全を頼みたい」

朝倉は淡々と命じた。

「了解です。本部に連絡し、部下を呼び寄せて官舎を保全させます。私も部下と交代して駐屯地に向かいます」

奥井は朝倉に答えると、パトカーに乗り込んだ岡村を呼び戻した。

「頼んだぞ」

朝倉は奥井の肩を軽く叩《たた》き、雨に打たれながら車に乗り込んだ。

3

午後四時五十五分。

朝倉を乗せたアクアは、青森駐屯地の正門のゲート前に停まった。近野官舎から三百メートルほどの距離である。

奥井から聞き込みの準備をするのに時間が欲しいと言われたので、駐屯地近くのコンビニで三十分ほどコーヒーを飲みながら時間を潰した。

正門から十数メートル先にゲートボックスがあり、その前後に黒地に黄色のゼブラペインティングされた可動式車両阻止アングル（車止め）が置かれている。

ゲートボックスから迷彩の警務官が飛び出し、アクアに駆け寄ってきた。奥井の部下だろう。

「朝倉三佐ですね。警務隊の野崎《のざき》です。私がご案内します。車止めは移動させますので、まっすぐ進んでください」

野崎はゲートボックスの前の可動式車両阻止アングルをどかした。

中村は車を進め、ゲートボックスの脇を抜ける。野崎は二十メートル先の可動式車両阻止アングルも移動させた。動かしたアングルは警備にあたっている自衛官が元の位置に戻している。

正門から八十メートルほど進むと、アスファルトの広場があり、その正面と右手に三階建ての第九師団司令部棟がある。野崎は正面玄関にスロープがある右手の司令部棟の南側にある駐車場の前で立ち止まり、空いているスペースを指差した。

奥井には、近野官舎を使用している自衛官に聞き込みをするために、会議室などに集めておくように指示しておいた。奥井は司令部棟の会議室を用意したようだ。

「どうぞ、こちらへ」

野崎は小走りに先に進む。朝倉らがなるべく雨に濡れないように気を遣っているのだろう。雨は気にしていないが、朝倉と中村も司令部棟のスロープを上がって玄関に駆け込んだ。

「ご苦労様です」

玄関前に立っている警備兵が、朝倉らを見て敬礼した。警務隊から連絡を受けているらしい。

「大会議室にご案内します。聞き取り用に隣りにある小会議室も押さえました。現在、八名の隊員が待機しています。藤野夫妻の隣室の竹野二尉は、体調不良のため駅前ホテルで療養中です。残りの六名はまだ訓練から戻っていません」

野崎は報告しながら玄関ホールの階段を上がらず、廊下を左手に進み、突き当たりにあるドアをノックした。

「皆さん、お待たせしました。特捜局の朝倉三佐がお見えになりました」

先に入室した野崎は、一礼して言った。

五十平米ほどの部屋に八人の迷彩戦闘服姿の自衛官が椅子に腰掛けている。朝倉が部屋に入ると、全員が立ち上がって敬礼した。彼らは同じ部隊で演習から帰ってきたのだ。

「特捜の朝倉です。勤務中に呼び出してすみません。お座りください」

朝倉は敬礼を返して穏やかに言うと、念のためにブリーフケースから官舎の入居者リストを出した。奥井から渡された際、部屋番号と住人である自衛官の名前と階級は記憶している。

「私は一〇一号室に家族と住んでいる平山慎之介《ひらやましんのすけ》と申します。質問してもよろしいでしょうか？」

近くに座っていた平山が右手を上げて言った。

「平山一尉。どうぞ」

朝倉はリストも見ないで返事をした。この程度のリストの内容なら見ただけで記憶できる。特戦群時代は作戦内容を即座に覚えなければ、失格だった。自《おの》ずと記憶力もアップするのだ。

「ありがとうございます。未明の火事についてですが、昨夜は訓練があり、自衛官は皆留守にしていたので、聞き込みなら在宅していた我々の家族にされた方がいいと思いますが」

平山は立ち上がって答えた。おそらく、消防の報告を聞いて、火災は藤野夫妻の不注意によるものだと思っているのだろう。

「もちろん、そのつもりです。ご家族にも明日聞き込みをしますが、二名の犠牲者が出たことを重く見て、手順に従ってお聞きします。昨日だけでなく、藤野夫妻の以前の様子もお伺いさせてください」

朝倉は事件性を匂わせないようにしている。

「了解しました」

平山は頷くと、腰を下ろした。

「聞き取りは隣りの小会議室で行います。平山一尉、発言されたついでという訳ではありませんが、一番でお願いします」

朝倉は平山を指名すると、出入口のドアを開けた。

「はい」

平山は席を立ち、朝倉と一緒に隣室に移動した。

三十平米ほどで、中央にテーブルと二脚の椅子が置かれている。朝倉は奥の席に座り、平山を対面の椅子に座らせた。

「藤野夫妻は具合が悪かったと聞きますが、知っていましたか？」

朝倉は差し障りのないことから聞き始めた。

「もちろんです。階級がこの官舎で一番高いため、私が寮長ということになっています。しかし、実務を担っているのは家内でして、ゴミ出しや廃品回収や回覧板など、他の住民と一緒にしています。彼女が一番官舎のことを知っていると思います。私は家内から聞いて、藤野夫妻が一週間ほど前から具合が悪いということを知っていました。おそらく他の自衛官も同じだと思います」

平山は早口で説明した。

「コロナの疑いがあるとも聞きましたが、どう対処されていたんですか？」

朝倉は頷きながら聞き返した。

「基本的に外出禁止です。買い物は、家内や他の隊員の奥さんがして、届けていました。病院での検査結果はコロナもインフルエンザも陰性だったと聞いています。ただの熱風邪だったと思われますが、念の為にコロナと同じ対処をしていました」

平山は澱《よど》みなく答えた。

「陰性……。病院にも聞き込みをしようと思ったが、無駄足か。二尉と一番親しかったのは誰ですか？」

朝倉は独り言のように呟いてから尋ねた。

「それなら、高野孝太郎《たかのこうたろう》三尉が、同じ部隊で二尉と仲が良かったと聞いています」

平山は背筋を伸ばして言った。

「それじゃあ、次は高野三尉からお話を伺いましょう。何か思い出したら、私の携帯にご連絡ください」

朝倉は自分の名刺を渡した。

4

午後六時十分。

朝倉と中村はＪＲ青森駅前近くの寿司屋で、どんぶりから溢《あふ》れるほどの新鮮なネタが載った海鮮丼の大盛りを黙々と食べていた。

駐屯地の会議室で平山をはじめ、近野官舎に居住している自衛官から聞き取り調査をした。遅れて到着した者も含めて十四人に聴取したが、平山と他の住人からの情報に大差はなかった。

亡くなった藤野と親しかった高野からは、藤野の飲酒と喫煙のことを聞いている。藤野は身長一八二センチと大柄の大食漢で、大酒飲みのヘビースモーカーだったそうだ。だが、好きな酒は焼酎で、テキーラを飲んでいたとは知らなかったらしい。

高野は藤野が火災で逃げ遅れたことを未だに信じられないと言っていた。たとえどれほど藤野が屈強な男だったとしても、立ち上がれないほど体調を崩している時に、飲酒や喫煙をするだろうか。そこが矛盾しているように思えるのだ。

「うまいな」

朝倉は吸い物を啜《すす》って舌鼓を打った。

吸い物も海老《えび》の頭入りと豪華である。料理は申し分ないが、ビールも酒も頼んでいない。朝倉は事件が解決するまで、出張中の飲酒を自主的に禁止しているのだ。

昨年、特捜局は不明瞭な予算があるという事実無根の記事を掲載された。けっして脇が甘かったわけではない。だが、扱った極秘捜査の内容を公表できないため、誤解を招いたのだ。

防衛省に関係する事件を扱うために、今後も公《おおやけ》にできない事件もあるだろう。マスコミに付け入られないように最低限、捜査中の行動は禁欲的にしなければならないのだ。

「ホテルの部屋で缶ビールを飲むのはいいですか？」

中村は黙って食べていることに耐えきれなかったのだろう。

「子供じゃないんだから勤務外の行動は自己責任だ。だが、就寝前に限る。深酒はするな」

朝倉はネタとシャリを茶漬けのように掻《か》き込みながら答えた。

「もちろんですよ。帰りに、コンビニで買いますね。ボスの分も一緒に買いましょうか？」

「俺はいらない。コンビニでは買うな。青森までマスコミが付け回すとは思わないが、注意しろ」

朝倉は吸い物を飲み干し、箸を置いた。うますぎて箸が止まらなかった。

「あっ。そうですね。それじゃあ、割高ですけどホテルで買います。確かフロントの近くに自販機がありましたよね。コンビニで酒の肴を買うのはいいでしょう？」

中村は箸を止めて尋ねた。二人は駅に近いビジネスホテルにチェックインしていた。コンビニは道を挟んで寿司屋の向かい、ホテルに戻る途中にある。

「勝手にしてくれ」

朝倉は憮然《ぶぜん》とした表情で言った。あくまでも自主性の問題である。

「了解であります」

中村は急いで食べ始めた。ホテルに早く帰ってビールを飲みたいのだろう。ゲンキンなやつだ。

朝倉は店を出ると暗い空を見上げた。都心の空は街の光で薄明るく、星を見ることもほとんどないが、青森は反対に、駅前でも煌々《こうこう》と照らし出されることはない。雨は相変わらずである。東北は東京に比べて梅雨《つゆ》の終わりが遅い。

二人は駅前の新町《しんまち》通りの横断歩道を渡った。新町通りはＪＲの青森駅ビル前ロータリーにぶつかる。

二〇二二年五月に旧青森駅舎跡地が開発され、二〇二四年春にJR青森駅東口が開業し、バスロータリーも整備された。

「潮の香りがしますよ」

中村は目を閉じて歩いている。港の桟橋で釣りをしている気分にでもなっているのだろう。青森駅は青森港に近いため、風向きにより潮の香りがするようだ。

「雨が降っているんだ。気のせいだろう」

朝倉は鼻先で笑った。潮の香りには惹《ひ》かれる。釣りはしなくても、港の護岸を散歩するぐらいなら気分転換になっていいかもしれない。

スマートフォンが鳴った。朝倉は電話に出た。

「朝倉です。……お世話になっております。……本当ですか。ありがとうございます。すぐにお伺いします」

H大学大学院医学研究科の高橋義輝《たかはしよしてる》教授から、検死解剖を始めるという連絡である。検死解剖は明日と聞いていたが、急遽《きゅうきょ》スケジュールを押さえてくれたらしい。

「まさかとは思いますが」

中村が上目遣いで見ている。

「ラッキーだ。これからH大学に行くぞ」

朝倉は中村の背中を叩くと、走り出した。

5

午後七時二十分。

朝倉は、Ｈ大学附属病院の地下にある法医学専用の手術室の片隅に立っていた。

高橋教授から連絡をもらい、東北縦貫自動車道を飛ばしてきたのだ。

マスクとフェイスシールドを着けた高橋教授は、ステンレスの手術台に載せられた黒焦げの死体を佐伯《さえき》という若い助手とともに解剖している。佐伯は四角い黒縁眼鏡《くろぶちめがね》を掛けて、いかにも学者風だ。

朝倉が手術室に到着したのは五分前だが、検死は一時間前から始まっており、すでに一体の解剖を終えていた。

教授は明後日から東京で行われる学会の準備で忙しい中、時間外の手術室を押さえて検死解剖をしてくれているのだ。

最初に解剖したのは藤野早苗の遺体で、外傷はなく死因は一酸化炭素中毒だったらしい。外見で性別が判別できないほど焼けていたが、遺体の大きさが明らかに違っていたので妻と判断できたのだ。

「朝倉さん。フェイスシールドを着けて、もっと近くでご覧になりませんか？」

高橋は、遺体の胸部を切開しながら言った。仏頂面をしているが、普段から笑顔を見せるタイプでもなさそうだ。

「ありがとうございます」

朝倉は佐伯から眼鏡型フレームに顔全体を覆う透明なガードが付いているフェイスシールドを受け取った。マスクは手術室に入る前に着けていたが、遠慮して離れて立っていたのだ。フェイスシールドを装着すると、作業の邪魔にならないように高橋と手術台を挟んで対面に立っている佐伯の左手側に並んだ。

検死解剖の立ち会いは、警視庁時代も経験がない。テレビドラマで、刑事が殺人現場から検死解剖まで立ち会うという場面はよくあるが、現実ではほぼあり得ない。また、初動班や管轄の刑事ならともかく、大半の刑事は殺人現場を見ることもなく、捜査本部で情報を得てひたすら聞き込みをするものだ。

一般の警察官は分業が徹底されているが、特捜局は捜査員には鑑識技術を求めている。朝倉は今後、検死解剖にも積極的に参加していくつもりだ。もっとも、中村は怖《お》じ気《け》づいたらしく、出入口近くに立ったまま動こうとしない。

朝倉は振り返って睨みつけたが、中村は首を横に振って拒絶した。彼の分のフェイスシールドも貰《もら》っている。手招きをすると、中村はゆっくりと歩いて朝倉の横に立った。フェイスシールドを渡すと、大きな溜息を吐いて被り、佐伯の右手側に立った。

高橋は手際よく胸部の大胸筋を剝がしながら皮膚を開く。次に腹部脂肪を剝がしながら胸部と同様に皮膚を剝がした。

「肋骨を電ノコで切断する法医学者もいるそうですが、私は内臓を傷付けないように骨切り鋏《ばさみ》を使います」

高橋は骨切り鋏を手にすると、中村を見てにやりとした。恐る恐る見ている中村をからかっているのだろう。なかなかウィットに富んだ学者である。

高橋が骨切り鋏を差し込んで力を入れると、肋骨は鈍い音を立て切断された。

「うっ！」

中村が口を掌で覆った。死体は見慣れているはずだが、解剖中の死体は勝手が違うらしい。

「お使いになりますか？」

佐伯が中村を迷惑そうに見ると、足元のバケツを取って差し出した。死体専門とはいえ、清潔に保たれている手術室を汚染されるのは困るのだろう。

中村はひったくるようにバケツを奪い取り、手術台から離れてバケツに嘔吐《おうと》した。

高橋は胸部の肋骨を切断して取り除き、腹膜を切開する。火災で燃えたのは表面だけで内臓に影響はなさそうだ。

「綺麗なものだ。裂傷はないですね」

高橋は胸部と腹部の中をゆっくりと観察しながら言った。この後、心臓をはじめ、すべての臓器を摘出するのだ。朝倉は検死解剖のムービーを見て手順は知っている。

「臓器を取り除く前に気管の中を見たいのですが」

朝倉は胸部を見ながら言った。黒焦げになるほどの火に巻かれたのなら、気管の中に痕跡が残るはずだ。

「ほお、さすが特別捜査官ですね。法医学の知識をお持ちですな。学生があなたのように熱心ならいいんですが」

高橋は苦笑すると、気管支にメスを入れ、内部にライトを当てた。

「すみません。せっかちなもので」

朝倉は頭を掻いた。

「おかしい……」

首を傾げた高橋は気管支を鉗子《かんし》で広げ、佐伯がライトを当てるとさらにルーペで覗き込んだ。

「佐伯くん。君も見たまえ」

高橋は佐伯にルーペを渡した。

「これは……」

高橋に代わって今度は佐伯が確認すると、ルーペを高橋に返した。こんな時間まで教授に付き合うということは、ただの助手ではなく一番の教え子なのだろう。

「ご覧になりますか？」

高橋はルーペを渡してきた。

「綺麗だ。煤もなければ、焼け爛《ただ》れてもいない」

気管を覗き込んだ朝倉は呟いた。警視庁時代に検死解剖された焼死体の写真を何度も見たことがある。解剖された気管や肺には煤や炭の破片が入り込む。それに口内や喉が焼けただれた写真もあった。

「女性の気管と肺の内部に煤が確認されました。また血中の一酸化炭素へモグロビン濃度の判定から火災で死亡したと思われます。念のために男性も後で精密検査をしますが、男性は炎に包まれる前に死亡していたようですね」

高橋は首を横に振った。

「恐れ入りますが、作業を進める前に、薬物検査をお願いできますか？　時間が経てば消滅する薬物もありますので」

朝倉はルーペを返して言った。

「もちろん。そのつもりです。血液だけでなく、胃の内容物や髪の毛や脳も徹底的に調べます。塩化カリウムのように時間が経てば検出できなくなる薬物もありますし、インスリンなどの生体物質は残っていたとしても見落としてしまいます。ミダゾラムのように一般の検査項目にない薬物は見逃されることもあります。もっとも、ミダゾラムは副作用で心停止することもありますが、殺人の目的では使わないでしょう。犯罪者の手口は年々高度化します。我々法医学者の研究項目は増えるばかりですよ」

高橋は講義でもするように答えながら気管支を切断し、左肺を取り出した。助手はステンレス製のパレットを差し出して高橋から摘出した肺を受け取り、秤《はかり》で重さを計った。臓器をただ切り取るだけでなく、計測するらしい。

ちなみに強力な麻酔導入剤であるミダゾラムが犯罪に使われることは滅多にない。だが、このＨ大のように検査項目に加えている科学捜査研究所や大学の法医学研究室もあるようだ。過去に何度も犯罪に使われているか、広く流通している薬物が検査項目のリストに上がるのだ。

「結果はいつ分かりますか？」

朝倉はパレットの肺を見つめながら尋ねた。

「明日の午前中には結果が出るでしょう」

高橋は右肺を取り出しながら答えた。

「よろしくお願いします」

朝倉は高橋に頭を下げると、部屋の片隅でバケツを持って立っている中村を手招きした。

「何でしょうか」

青ざめた表情の中村は、バケツを手に朝倉の前に立った。

「国松にすぐに連絡してくれ。鑑識だけでなく、四人の捜査チームを派遣するように」

朝倉は中村に命じた。自分で連絡すればいいのだが、中村に仕事をさせて気分転換させるためである。最初に要請したチームも鑑識作業が終われば、聞き込みをさせるつもりだった。だが、事件は殺人とほぼ確定したので、さらに四人の捜査官を加え捜査を進めるつもりだ。

「肺の摘出を終わる。次は心臓だ」

高橋は中村の目の前で摘出した右肺を佐伯に渡した。

「うっ！」

中村は両手で持ったバケツに嘔吐した。

「……俺が連絡するよ」

朝倉は溜息を殺して呟いた。

フェーズ3：連続殺人事件

1

七月二日、午前九時二十分。航空自衛隊三沢基地。

三沢基地は三沢空港と呼ばれ、航空自衛隊第三航空団と米軍の第三十五戦闘航空団、それに民間航空会社も使用しているが、日米地位協定第三条に基づいて米軍が管理している。米軍基地に空自と民間が間借りしているようなものだ。

海岸線から三キロと海寄りで、東西に三千五十メートルの滑走路が一本ある。航空自衛隊は南側の一部、空港ターミナルビルは民間が使用していた。民間機の発着枠は、一日最大六便と限られている。

朝倉は空自の格納庫の前に立っていた。

雲は多いがおおむね晴れており、気温は二十一度と快適な気温である。

「定刻通りだな」

左手首のルミノックスのミリタリーウォッチで時間を確認した朝倉は、東の空を見上げて呟いた。

普段使いのスマートウォッチは、便利で機能に溢れているが、数日おきに充電しなければならないので自宅に置いてきたのだ。

太平洋上を旋回した空自の輸送機C2が高度を落としてまっすぐ降下してくる。一時間ほど前に横田基地を離陸しており、国松を含め八名の特捜局の捜査員が乗っていた。

C2はずんぐりとした巨体を滑走路に滑らせるように落とし、轟音《ごうおん》を立てながら朝倉らの前を抜けて六百メートルほどで人が歩くほどのスピードまで落とす。そのまま近くのランウェイに曲がってゆっくりと格納庫前のエプロンで停止した。

後部ハッチが開き、複数の自衛隊員が降りてくる。輸送機は三十名の陸自の自衛官と装備品の移送が目的で、それに特捜局が便乗したのだ。

二台のトヨタ・ランドクルーザー・３００と一台のマークXが、後部ハッチを降りてくる。三台とも特捜局の覆面パトカーである。以前から使用していた四台のトヨタ・マークXのうち二台を二ヶ月前に処分し、新たに二台のランドクルーザーと交換した。

紅軍工作部の事件を解決した後、特捜局のバックである防衛省と警察庁がごたごたしていたが、捜査機関としては実績を上げているので予算は増えたのだ。

マークXを先頭に二台の黒塗りのランドクルーザーが、朝倉の前に停まった。三台の車から一斉に特捜局のジャケットとキャップを被った八名の捜査員が降りてきた。本部に詰める事務職の職員もいるが全捜査員が不在では機能不全になるため、六人の捜査員に留守を託している。

「お出迎え、恐縮です」

国松が朝倉に敬礼すると、全員が倣った。基地内なので、あえて自衛隊式の敬礼をしているのだろうが、大袈裟である。出迎えというより、一刻でも早く国松らと打ち合わせをしたかったのだ。

「国松と北井《きたい》はマークⅩに乗ってくれ、車内で打ち合わせをしよう」

朝倉は国松と北井英明《ひであき》を指さすと、マークⅩの助手席に乗り込んだ。レンタカーのアクアは返却していた。運転しているのは主任の横山直哉《よこやまなおや》で、北井は中村と同じ係長に昇格している。移動中に即席の幹部会議をするのだ。

三台の車は三沢基地を出発した。とりあえず、青森駐屯地に向かう。司令部の会議室を捜査本部として使う許可は得ている。

「昨夜、メールで報告書を送った通り、殺人事件として捜査する。北井は鑑識チームを指揮して、官舎を徹底的に調べてくれ。国松は聞き込みチームの指揮。私は中村と県警に行って情報を得るつもりだ」

朝倉は後部座席を振り返って国松と北井に詳しく説明した。

「検死解剖の結果は出ましたか？」

国松が質問した。

「午前中に手に入るはずだ。正式な報告書が出来次第連絡をもらえることになっている」

Ｈ大学の高橋教授から、助手の佐伯が検死解剖の報告書を午前中に作成すると言われていた。朝倉は自分で大学病院まで取りに行き、その足で県警に向かうつもりだ。

「中村はちゃんと仕事をしていますか？」

国松は話題を変えたというよりも、中村の仕事ぶりが気になるのだろう。ひょっとして抜け駆けして釣りをしていないか心配しているのかもしれない。

「珍しく真面目にやっている」

朝倉は苦笑を浮かべた。中村は駐屯地の会議室で近野官舎の火災について報告書をまとめている。H大学と特捜局、二つの報告書を携えて県警の捜査課を訪ねるのだ。

「真面目にやっている？　てっきり夜釣りにでも行ったと思っていましたが」

国松は笑っているが、朝倉と中村が本気で釣りに行ったと思っていたに違いない。

「警課を廃止してはじめての仕事だ。今回の事件は、特捜局としての正念場になる。気を引き締めて行くぞ」

朝倉は活を入れるべく言った。

2

午前十時五十分。

朝倉を乗せたマークXは、八甲《はっこう》通り沿いにある駐車場ビルに停められた。

令和二年十二月から通りの反対側にある青森県警察本部ビルは耐震・長寿命化改修工事を行ってお

り、県警の駐車場は使えない。

古川《ふるかわ》グルメ・ファッション通りとの交差点を渡り、工事フェンスに囲まれた県警本部ビルの西側を歩く。

県警本部ビルは東西に長く、南に県庁議会棟、県庁通りを挟んで東に県庁舎北棟があり、それぞれの建物の五階が空中渡り廊下で繋がっている。改修工事に伴い、令和六年五月二十七日から南側にあった正面玄関は封鎖され、北側にあった裏口を仮の正面玄関として使用していた。

朝倉はいつも使用している伊達《だて》眼鏡を掛けると、仮正面玄関前に立っている警察官に軽く頭を下げて建物に入った。伊達眼鏡で幾分かオッドアイの印象が和らぐので、必需品である。玄関を抜けると仮設とはいえ、交通課や総務課の相談窓口など、普通の窓口業務は行われている。

「特別強行捜査局の朝倉です。刑事課の榊原《さかきばら》課長に取次をお願いできますか？」

総合案内の前に立った朝倉は、受付の女性警察官に言った。一課長である榊原に朝一番で連絡をしてある。

「朝倉様ですね。かしこまりました」

女性警察官は表情もなく朝倉と中村を交互に見ると、内線電話を使って榊原を呼び出した。

三年前の二〇二一年八月に特捜局は青森県警の要請で、三沢米軍基地・第三十五戦闘航空団司令部を査察している。査察というと大袈裟だが、要するに米空軍の訓練状況を調べて、時間外の訓練がないか確認したのだ。

青森県では、これまで再三米軍三沢基地司令官に航空機の騒音問題の苦情を申し入れている。だが、改善されることがなかったので査察という形式を取ることで自粛を促したのだ。

特捜局は朝倉がＮＣＩＳ（海軍犯罪捜査局）の捜査協力をすることで実績を収め、米軍にもその存在は知られていた。日本で唯一米軍と対等に話ができる捜査機関と言っても過言ではない。そのため、青森県は県警を介して特捜局を動かしたのだ。

要請を受けた米軍の航空団司令部から報告書が提出され、違反も見つけている。特捜局は書類を県警に転送し、青森県側から改めてクレームを入れることで、時間外の訓練はほぼなくなっていると聞く。仲介役となった県警の責任者は、当時係長だった榊原である。

「改修工事って大変ですね」

中村は周囲を見回して言った。ドリルなど工事音が絶えず様々な方向から響いているのだ。地下一階・地上八階建ての本部庁舎は昭和五十年に竣工《しゅんこう》しており、経年劣化と老朽化の進行で改修工事による建造物の延命に踏み切った。庁舎を使用しながらの改修工事のため、職員もかなり不便を強いられているのだろう。

「朝倉警視。お待たせしました」

廊下の奥の扉から白髪頭《しらがあたま》の榊原が現れて頭を下げた。

「ご無沙汰しております」

朝倉は笑みを浮かべて頭を下げた。

「こちらこそ、ご無沙汰しておりました。ご足労ですが、五階の会議室までお願いします」

榊原は通路の奥へと進んだ。防火扉を抜けてエレベーターホールに出ると、呼び出しボタンを押した。朝倉と中村は無言でエレベーターに乗り込む。二人とも目立たぬように特捜局のジャケットは着用せず、スーツ姿である。特捜局は防衛省との内紛で警察関係者に疎まれることがあった。受付の女性警察官の態度もどこかよそよそしさを感じたのはそのためだろう。

三人は五階でエレベーターを降りた。榊原は廊下の左手を進む。右手は工事中のようだ。

「どうぞ」

榊原は会議室と記された二つ目のドアを開けた。

「失礼します」

朝倉と中村は榊原に頭を下げて入室する。この数ヶ月、目に見えて警察の関係は悪化しているので、必要以上に丁寧に対応していた。

二十平米ほどの部屋で、会議用テーブルに六脚の椅子が並べられている。

「どうぞ」

榊原は奥の壁際の席を勧めた。

「時間を作っていただきありがとうございます」

朝倉は椅子を引いて腰を下ろした。中村は「失礼します」と声を上げて座る。

「今日いらしたのは、官舎の火災事故の件ですね」

榊原は対面の窓際の席に座って尋ねた。

中村は足元に置いた書類バッグからファイルを取り出し、朝倉に渡した。

「捜査は継続中ですが、現時点の報告書です。県警の管轄下の事件でもありますので、目を通してください」

朝倉はファイルから書類を抜き出して榊原に渡した。

「拝見します」

榊原は一礼して報告書に目を通し、検死解剖の結果を見て眉を吊り上げた。殺人事件だと分かったようだ。現場の鑑識報告書と住人である自衛官とその家族からの聞き込み情報は事実のみ記載してあるので、事件か事故かは判断できない。

同じく検死解剖の結果も記載してあるが、熟練の刑事なら解剖報告書から殺人は読み取れるのだ。

「亡くなった藤野夫妻の少なくとも夫である二等陸尉は殺害されました。現在分かっていることはそれだけです。我々は殺人事件と判断して捜査を継続させます。県警にも犯人逮捕に向けて協力を頂きたいのです」

朝倉は榊原の目を見て頭を下げた。今後、警察の協力は必要になるだろう。そのための根回しに来たのだ。

「……あなたにはお世話になりましたので、私個人として、協力したい気持ちはあります」

榊原は言葉を切ると、俯《うつむ》いた。

「県警全体としては協力は得られそうにありませんか。新任の本部長の意向ですか?」

朝倉は溜息を殺して尋ねた。今年の一月に警察庁の幹部だった海沼健二《かいぬまけんじ》が県警の本部長に着任している。

「いかんせん、警察庁は防衛省と揉《も》めましたからね。本部長クラスになると、それをよく思わない方もいらっしゃるようです」

榊原は朝倉の視線を外して答えた。

「上層部は現場のことを考えていませんからね」

朝倉は肩を竦めた。防衛省と警察庁のごたごたは、警察権を防衛省の組織に渡すための政治的偽装工作らしいが、末端の警察官の知るところではない。それは本部長クラスでも同じなのだろう。

「青森市では一週間ほど前から、事件か事故の判断ができない死亡事故が数件起きています。現段階で関連性は見出せていません。お手伝いできないのは、県警も捜査で手一杯ということもあるのです。捜査情報をまとめた書類をＰＤＦにし、警視のアドレスに送ります」

榊原は急に声を潜めた。捜査情報を朝倉に渡すことは上層部の許可を得ていないのだろう。

「ありがとうございます。我々も新たな情報が出たら、榊原さん宛にメールで送ります」

朝倉は立ち上がり、榊原と握手した。

3

午後六時十分。青森駐屯地司令部棟。

朝倉は捜査本部としている会議室で手元の資料を見つめていた。

国松と北井のチームは三十分前にそれぞれの作業を終えて、捜査本部に戻っていた。部屋の片隅に置かれた長机には人数分の弁当が置かれている。捜査会議はまだ終わっていないのだ。

手元の資料は榊原から送られてきたPDFの報告書をプリントアウトしたものである。この一週間、市内で起きた三件の事件、事故両面で考えられる案件の概要が記されていた。

朝倉は官舎の事件も含めた四件の概要をホワイトボードに黒いペンで書き込んだ。

六月二十四日、午後十一時四十分。

トラック運転手が、青森港の埋立地で重機火災を発見し、通報する。消防車が急行し、二十五分後に鎮火。燃え尽きたバックフォーから住所不定の港湾労働者の佐竹慎二《さたけしんじ》、三十四歳の死体が発見される。灯油を被って死亡したと見られ、借金を苦にしていたために自殺と判断された。

六月二十六日、午前一時三十分。

青森西バイパスで交通事故があり、事故車は高架下の空き地に落下。火災を起こして全焼した。物音を聞きつけた住民から通報があり、駆けつけた消防車により三十分後に鎮火。運転席から一名の死体が見つかる。当初自損事故と見られていたが、横転した車の右ボディーに傷があったので、他車と接触した疑いがもたれている。運転手は車の登録者である石田康弘《いしだやすひろ》、四十一歳とDNA鑑定で判明。

六月二十九日、午前四時十分。

幸畑《こうばた》にある飲食店兼住宅で火災が発生。消防車が三台出動し、四十分後鎮火。住民である里村勝也《さとむらかつや》、四十九歳、妻明代《あきよ》、四十二歳、長男学《まなぶ》、十九歳、長女郁恵《いくえ》、十五歳の四人が死亡。プロパンガスの爆発が原因と見られる。


七月一日未明。

陸上自衛隊近野官舎で火災発生。三〇一号室の藤野武雄、二十九歳、妻早苗、二十六歳が死亡。


朝倉は時系列で書き込まれた事件事故の日付の横に被害者の写真をボード用の磁石で貼り付けた。

「せっかく送ってもらった情報ですが、被害者同士に関連はなさそうですね。官舎の事件と関係ありますか？」

中村は足を組んで椅子に座っている。

「少なくとも火災は共通していますよ」

中村の対面に座る北井が、ホワイトボードの情報をメモ帳に記入しながら言った。他の捜査員もメモ帳に書き込んでいる。

「火災だけじゃ、偶然ということもありますよね」

中村は北井に対抗するかのように腕組みをした。

「一週間で四件も事件性を窺《うかが》わせる事故が続いている。東京じゃあるまいし、青森では考えられない数字だ」

朝倉は首を横に振った。令和五年の東京の全刑法犯の認知件数は八万九千九十八件、青森は四千八百十五件と東京の約二十分の一である。この数値を見ただけでも、青森が東京に比べていかに犯罪が少ない平和な都市かということが分かる。ちなみに、認知件数は警察等捜査機関によって犯罪の発生が認知された件数のことだ。

「火災に偽装した連続殺人なら、被害者の身元を隠したかったんじゃないですか？」

中村がホワイトボードを指差して尋ねた。

「被害者の身元は、全員分かっている。身元を隠すのが目的なら、死体をもっと徹底的に燃やしたはずだ。犯人が火災という手段を使うのは、犯行の痕跡を隠すためと考えるのが一般的だが、そうとも限らないような気がする」

朝倉は溜息を漏らした。事件に関連性があるのなら、並べた瞬間に引っ掛かる物があるはずだが、何も感じられないのだ。

「そうとも限らないとは、どういうことですか？」

北井が尋ねた。

「六月二十六日の青森西バイパスの交通事故だが、高架橋から落下した車は地面に激突し、ガソリンタンクから漏れたガソリンで燃え上がった。衝突音に驚いた近隣の住民が、現場にすぐに駆けつけているが、すでに炎に包まれていたそうだ」

車種は１６００ｃｃの国産セダンである。

「被害者の車に発火装置でもしかけてあったんじゃないですか？」

中村は指先を鳴らして得意げに補足した。

「発火装置があったら、県警が見つけているはずだ」

朝倉は首を左右に振った。

「一軒一軒聞き込みしましょうか」

中村が呑気《のんき》に言った。

「それができたら苦労しないだろう。県警から協力を断られている。勝手に聞き込みしたら、大問題になるぞ」

朝倉は鼻先で笑った。

「それじゃ、これからどうするんですか？」

中村は立ち上がって頭を掻いた。

「県警の協力を得られるように粘り強く要請する。それまでは彼らの縄張りを荒らさないように捜査を続けるつもりだ」

朝倉は、ホワイトボードの六月二十四日と六月二十六日、それに七月一日の日付に赤いペンでチェックを入れた。

「六月二十九日を外した理由は何ですか？」

北井が尋ねてきた。

「ガス爆発を起こした飲食店は住宅街にある。他の事故現場は、人目につかないだろう。県警に見つからないように調べるんだ」

朝倉はホワイトボードを拳《こぶし》で叩いた。

4

午後七時三十分。

朝倉は徒歩で駐屯地の正面ゲートを出て背筋を伸ばした。

気温は十八度、夜風が気持ちいい。

「待ってください！」

振り返ると中村が駆けてきた。なぜかバックパックを担いでいる。

捜査会議の終了後に、弁当を食べて解散した。

八人の捜査員はＪＲ青森駅前のビジネスホテルにチェックインしている。だが、彼らはホテルに直行することはなく、捜査会議で朝倉が提示した埋立地と高速道路高架橋での事故現場を調べに行ったようだ。命令しなくても、彼らは黙って行動している。

朝倉は警務隊と打ち合わせがあったので、別行動を取っていた。中村は朝倉の付き人という扱いである。

「どうした？」

朝倉は首を傾げた。

「何度も呼んだんですよ。聞こえなかったんですか？」

中村は肩で息をしながら横に並んだ。

「カラスの鳴き声かと思った。おまえも熱心だな」

朝倉は駐屯地前の交差点道路を渡り、右に曲がった。

「熱血捜査官ですから。……あれっ。どこに行くんですか？」

中村はわざとらしく尋ねた。

「現場に決まっているだろう」

朝倉は素気なく答えた。官舎は無人である。北井のチームが官舎の鑑識作業を終えているので改めて調べても何も出ないだろう。だが、四件の事件の中で唯一堂々と調べることができる場所なのだ。それに気になっていることがある。

「冗談ですよね……」

中村は立ち止まった。

「まさかとは思うが、俺が夜釣りに行くとでも思ったのか？」

朝倉は目を細めて中村のバックパックを見た。

「気分転換に海風にでもあたりに行くのかと思っただけです」

中村は顔を引き攣《ひ》《つ》らせた。

「バックパックの中身は、釣り道具じゃないよな」

「そんな馬鹿な」

中村は大袈裟に笑ってみせた。図星のようだ。

「そもそもロッドはどうするんだ？」

朝倉は中村とバッグを交互に見た。バッグの高さは四十五センチほどである。

「今回は仕舞って四十一センチ、全長一・九一メートルのロッドを用意しました。大物は無理でも、あっ！　……」

中村はまんまと白状した。

「おまえほど分かりやすい人間はいないな。それじゃ、立派な詐欺師になれないぞ」

朝倉は鼻先で笑った。

「さっ、詐欺師！　何を仰いますやら。私以上に生真面目な捜査官はいないでしょう」

中村は甲高い声を上げて真っ赤な顔になった。怒っている振りをしているのだろう。

「分かった、分かった。それじゃ、現場に行こうか。生真面目な捜査官」

朝倉は中村の背中を叩いた。

「勘弁してくださいよ」

中村の顔が少しだけ締まった。

「何か匂わないか？」

朝倉は立ち止まって周囲を見回した。

「焚き火《たび》でもしているんですかね」

中村もひくひくと鼻を動かして言った。

「まさか」

朝倉は駆け出した。中村も遅れて走り出す。

交差点を左折した。数十メートト先の官舎の三階から煙が出ている。

「消防車を呼べ！」

官舎に駆け寄った朝倉は、あえて手前の一階の出入口から入る。一階と二階の廊下に設置してある消火器を取り外し、反対側の三階まで運んだ。昨夜の火事で官舎のほとんどの消火器は使われている。残っているのは手前の廊下の二本だけだ。

昨夜出火した三〇一号室ではなく、隣りの三〇二号室から煙が出ている。ドアを開けると、炎が噴き出してきた。

「くそっ」

舌打ちをした朝倉は廊下に一本残して消火器の安全ピンを外し、消火液を噴出した。炎は部屋全体を覆い、天井にまで燃え広がっている。あっという間に消火液を噴出し尽くしたが、鎮火は半ばだ。

しかも、寝室のドアの下から煙が噴き出している。

「ボス！」

消火器を手にした中村が飛び込んできた。廊下に置いた消火器を持ってきたのだろう。

「交代だ。寝室の消火をするんだ」

朝倉は自分の消火器を投げ捨て、台所に立った。水を出してバケツに溜《た》めるつもりだ。ホースがあればいいのだが、バケツの水でも少しは役に立つはずだ。

「任せてください」

中村は寝室のドアを開けて消火液を噴出した。

炎が幾分小さくなる。

「大変だ。人がいます！」

中村が叫んだ。

「馬鹿な！」

朝倉はバケツの水を頭から被り寝室に飛び込んだ。二人の人が倒れている。

「炎が収まりません！」

中村も消火器を使い果たした。

「撤収！」

朝倉は二人を両肩に担いだ。

5

午後八時四十分。Ｈ大学附属病院。

朝倉は地下の検死解剖用手術室に中村とともにいた。

近野官舎の新たな火災で二人の被害者が出ている。三〇二号室の竹野《たけの》龍平《りゅうへい》と妻の明子《あきこ》で、朝倉は二人を担いで脱出したがすでに死亡していた。最初の火災でホテルに避難していたはずだ。実際、ホテルはチェックアウトしていないので、昨日の今日でどうして官舎に戻ったのか理由は分かっていない。

朝倉はＨ大学の高橋教授に、二人の検死解剖を頼んだ。明日から学会に出かける高橋だが、準備は終えているため時間が取れると快く応じてくれた。遺体はホテルから特捜局の捜査員を呼び寄せて大学病院まで運ばせた。

「長年、青森県の検死解剖を請け負っているが、こうも立て続けに死体が持ち込まれるとはね。驚きだよ」

マスクとフェイスシールドを着けた高橋は、別々のステンレスの手術台に載せられた二つの死体を見て言った。快く引き受けたとは思えない相変わらずの仏頂面である。

「教授。体内の薬物検査を先にしてください」

朝倉はマスクを着けながら言った。

「分かっています。今回の死体はそれほど損傷していないので助かりましたね。しかも、死後あまり時間は経っていない」

高橋は答えながら検体を採取すると、助手の佐伯に渡した。佐伯はそのまま手術室を出た。検体をラボに持ち込んで調べるのだ。前回は、調べても何も結果は出なかった。

「助かります」

朝倉は右拳を握りしめた。

「いかんせん、人手が足りない。佐伯は検体を最優先で調べます。その間、あなたが助手を務めてください」

高橋はメスを握りしめて言った。

「私が？　医師の免許もありませんよ」

朝倉は自分を指して肩を竦めた。中村は使い物にならないので、手術室には入れていない。その代わり、国松と北井に見学を勧めた。渋々承諾して手術室の片隅にいるが、手術台を遠巻きに見ている。

「摘出した臓器をパレットで受け取ってもらえればいいんです。難しいことを頼むつもりはありませんよ」

高橋は男性の胸部をＹの字型にカットした。

手順に従って肋骨を外し、臓器を取り出す。

「外傷もないが、肺も気管も綺麗なものだ。煙や煤を吸った形跡はないようですね」

高橋は取り出した臓器を覗き込みながら言った。

「火災が起こる前に死亡していたということですね」

朝倉はステンレス製のパレットで臓器を受け取り、グラム数を計って用紙に記入した。

「そういうことになるだろうね。それにしても手際がいい、助手は務まりそうだ」

高橋は作業を続けながら答えると、肝臓を摘出した。

「今回も殺しですね」

朝倉は振り返って国松と北井を手招きした。

国松と北井は同時に苦笑してみせた。二人とも解剖した死体を見るのは嫌らしい。

解剖室のドアが開き、佐伯が入ってきた。手に紙を持っている。分析結果なのだろう。

「どうだった？」

高橋は振り向きもせずに尋ねた。

「出ましたよ。塩化カリウムです。二人の体内に残っていたのです。発見が一時間遅れていたら、検出できなかったでしょう」

佐伯は検査結果を高橋に渡した。

「驚いたな。本当に塩化カリウムが使われたのか。これは法医学の授業で教材に使おう」

高橋は検査結果を見て珍しく笑顔になった。よほど嬉《うれ》しいのだろう。

「塩化カリウム？　注射器で注入したんですか？」

朝倉は大きく頷いた。塩化カリウムは動物を安楽死させるために使用する。また、米国では死刑執行や中絶する胎児の心停止にも使われる。

「どこかに注射針の痕があるはずです。今回は見つけられるだろう」

高橋は内臓の摘出を中止し、皮膚の表面を探りはじめた。

「私も探します」

朝倉は国松と北井を睨みつけると、二人は素直に従った。

「体を持ち上げてくれ」

朝倉はハンドライトを手に別のベッドに寝かせてある女性の死体を調べはじめた。殺人でプロが好む場所は、首筋の裏側いわゆる〝盆《ぼん》の窪《くぼ》〟と呼ばれている場所である。見つけにくいこともあるが、血流供給源である椎骨《ついこつ》動脈に近いため毒物を早く効かせるのに都合がいい場所なのだ。

「あったぞ」

朝倉は声を上げた。〝盆の窪〟に赤い点がある。注射針の痕《あと》に間違いない。

「後頭窩《こうとうか》に注射痕らしきものがある」

ほぼ同時に高橋も見つけたようだ。後頭窩とは解剖学的に〝盆の窪〟のことである。

「殺し決定ですね」

高橋が国松や北井と頷き合っている。

「少なくとも俺たちの事件は殺人だ」

朝倉は注射痕をスマートフォンで撮影した。

6

午後九時二十分。

三沢基地の南側にあるファルコンゲート前に一台の黒塗りのバンが停まった。

「身分証を提示してください」

警備の米兵はバンの運転席を覗き込んだ。

「こんばんは」

運転席の男は助手席に座っている男から身分証明書を預かり、自分の身分証明書と一緒に警備の兵士に渡した。

「ロバーツ・リソーシズですか。どうぞお通りください」

警備兵は身分証明書のバーコードをスキャナで読み込んで確認し、運転席の男に返した。別の兵士がゲートを開けた。

「ありがとう」

身分証を受け取った男は笑みを浮かべ、車を出した。

「ノーラン。ロバーツ・リソーシズってなんだ？」

ゲートを開けた兵士が尋ねた。

「米軍の電子機器を扱っている軍需会社だ。それに子会社にミリタリー・ロバーツ、通称ＭＲという軍事会社がある」

ノーランと呼ばれた兵士は答えた。

「そうなんだ。よく知っているな」

ゲートを開けた兵士が感心した様子で聞き返した。

「昨日、別の社員の入場を確認した後で調べたんだ」

「どうりで知っているはずだ。感心して損をしたぞ。今の連中はＭＲの傭兵か？」

ゲートを開けた兵士は苦笑した。

「身分証明書には、メンテナンス技師と記されていた。他の四人は通信技師らしい。いずれにせよ兵士じゃない。一週間以上、基地内のホテルに泊まっているんだ」

ノーランは遠ざかるバンのテールランプを見て言った。


「腹減ったな。ワイルドウィーゼルに行くか」

バンの運転手は欠伸《あくび》をしながら聞いた。基地内にあるワイルドウィーゼル・バー＆グリルというレストランのことである。

「今日は定休日だ」

助手席の男は面倒臭そうに答えた。

「だったらバーガーキングかフライヤーズ、どっちでもいいぞ」

運転手は投げやりに言った。

「俺はタコスが食いたいからフライヤーズだ。それにバーガーキングは二十時までだぞ。いい加減に覚えろよ」

「また、二十四時間営業のフライヤーズか。基地の外で和食を食いたいぞ」

運転手は大きな溜息を吐いた。フライヤーズはピザやサンドイッチやタコスなど、米国の定番料理の店である。

「俺たちは日本人に顔を知られちゃいけないから仕方がないだろう。紛争地でレーションを食べるよりはよっぽどましだ。腹が減っているのなら、何でもうまく感じるはずだ」

助手席の男は笑いながら言った。

「うまいものは当分お預けか。そう言えば、次の任務が入ったらしいな」

運転手が気難しい表情で尋ねた。

「隊長から今日のミーティングで詳しく説明されるはずだ。それより、日本の特殊な捜査機関が捜査を始めたらしいぞ」

助手席の男がのんびりと言った。

「警察じゃどうにもならないから、しゃしゃり出てきたんだろう。証拠はこれまで一切残していない。日本は侮れない。だが、俺たちを捕まえることはできないさ」

運転手は欠伸をしながら頷いた。

フェーズ4：ラボ爆発

1

七月三日、午前七時五十分。近野官舎。

官舎の駐車場に青森市消防本部と書かれた赤いボディのハイエースが停められていた。消防課調査係の車である。四名の調査官が三〇二号室を調べていた。

朝倉と中村、それに北井の鑑識チームは駐車場で待機している。合同で調べてもいいのだが、狭い部屋ではお互い邪魔になるので遠慮しているのだ。国松の捜査チームは、亡くなった竹野二等陸尉夫妻が昨夜チェックインしていた市内のホテルで聞き込みをしている。

二台のランドクルーザーを二メートル離して並べ、ルーフトップでタープを張ってある。その下にアウトドアのテーブルと椅子が設置してあった。ランドクルーザーには様々な機材を常時積み込んであり、屋外の臨時捜査本部あるいは司令所になる。

相次いで火災を発生させる事態となり、二十四時間監視することにした。ランドクルーザーの後部座席は特注でフルフラットになり、張り込みする際にベッドとして活用できる。

紺色の制服を着た四人の調査官が、機材を提げて官舎から出てきた。

「お疲れ様です」

朝倉は調査官に頭を下げた。

「朝倉警視。お待たせしました」

年配の調査官が笑顔で言った。火災現場を科学的に調査する精鋭チームのリーダー増田明《ますだあきら》主任である。前回の火災でも彼が鎮火後の現場を丹念に調べ、煙草の吸い殻とテキーラの瓶を見つけ出していた。

「少し、お話を伺ってもよろしいですか？」

朝倉は慇懃《いんぎん》に尋ねた。

「ええ、もちろんです」

増田は無精髭で埋まった顔で頷いた。

「立ち話もなんですから、特設のカフェでお話ししましょうか？」

朝倉は増田にテントの下に設置してあるテーブル席を勧めた。

「カフェ？　そうですね」

笑顔で答えた増田は部下に待機するように命じた。ターフ下の手前の椅子に座り、朝倉は対面に腰を下ろす。北井の鑑識チームは機材を手に官舎に入って行った。

中村がコーヒーの入った紙コップをテーブルに出した。

「インスタントじゃないんですね。確かにカフェだ」

コーヒーの香りを嗅いだ増田は、美味《うま》そうに飲んだ。コーヒーにはこだわりがある。中村が出張先に釣竿を持ち込むように、朝倉は小型のコーヒーミルとフレンチ式のチタンカフェプレス、それにキリマンジャロの豆を携帯している。

「ハードな仕事なので、一つだけ贅沢《ぜいたく》をさせてもらっています」

朝倉もコーヒーを啜った。紙コップは味気ないので、一人の時はチタンカップを使用する。

「調査結果は報告書も作成しますが、警視に直接報告しましょう」

増田は身を乗り出した。

「ありがとうございます。私も報告することがありますが、調査結果を先にお聞かせください」

「了解です。それでは、ご報告します。火元は前回と同じく煙草でしょう。煙草の吸い殻が発見されました。煙草の火がマットに燃え移り、就寝中の二人を襲ったと思われます。燃焼促進剤の痕跡は発見できませんでした。ただ、火の回りがあまりにも早いので、純度の高いエタノールやメタノールが使われた可能性は否定できません。エタノールを燃焼促進剤として使ったとしても我々はその痕跡を見つけ出せる自信はあるのですが」

火元は特定できたが、増田も事件性を疑っているようだ。

燃えた痕跡を残さない燃焼促進剤は、ほとんど存在しないという。燃焼には必ず科学反応が伴い、それを科学的に立証できるからだ。ただし、燃焼した後で残留物を残さない物質として揮発性有機化合物がある。

エタノールとメタノールは揮発性が高く、燃焼時に二酸化炭素と水を生成する。アセトンとエーテル類は、燃焼時に二酸化炭素と水蒸気を生成し、個体の残留物をほとんど残さない。

「昨夜、竹野夫妻の死体を検死解剖しました。二人の体内から塩化カリウムが発見されました」

朝倉は淡々と報告した。

「殺害……されたんですか。……いったい、誰が」

増田は両眼を見開いた。

「犯人の目星はまったくついていません。この一週間ほどで同じような火災が三件発生しています。いずれも、調査係が現場検証をしたはずです。こちらも県警の資料を共有しますので、資料を提示してもらえますか？」

朝倉は右手を出した。すると、中村がタイミングよく書類をテーブルに載せた。朝倉は手渡してもらうつもりで右手を出したのだが、その意味が分からなかったらしい。

「自殺に、ガス爆発、自動車事故まで……。確かに火災として我々が現場検証を行いましたが、関連性はあるのですか？」

増田は肩を竦めた。

「それを調べるんです」

朝倉は人差し指の先で書類を叩いた。

2

午後四時二十分。青森県警本部。

朝倉と中村は、五階会議室の椅子に座っていた。

刑事課の榊原と面会の約束をしているのだが、彼は捜査で外出している。三十分前に帰っているはずだったが、捜査は時間通りに終わらないので気長に待つ他ないのだ。

近野官舎の現場検証の終了後、三〇二号室に使われていた燃焼しやすい素材を使ったカーテンやカーペットの販売元を調べたところ、市内の量販店では扱っておらず、ネットで販売されている中国製に酷似していた。

朝倉は中村にその製品を購入させた。二、三日中には届くだろう。製品が現場に残されたカーペットと同じ物なのか調べ、消防課調査係に燃焼テストを要請するつもりである。同じ製品だと分かったところで捜査に役立つかは疑問だが、それでも地道に調べることが重要なのだ。

「昼飯食べてないのを知っていますか?」

中村はボソリと言った。沈黙に耐えられなくなったのだろう。

「知らなかった。おまえは、食事する暇があったのか?」

朝倉は手元の書類を見ながら答えた。県警本部には二人で来ているが、他の捜査員は埋立地の自殺と自動車事故を調べている。昼飯を食べている暇などないのだ。

「聞いてみただけです」

中村は息を吐き出しながら首を横に振って見せた。レンジャー課程でサバイバル訓練を受けているはずだが、簡単に弱音を吐く。

ドアが開き、榊原が入ってきた。

「お待たせしました」

額に汗を浮かべた榊原は朝倉の前に座った。気温は二十三度と少し蒸す感じだが、小太りな体型なので汗かきなのだろう。

「お時間いただき、ありがとうございます」

朝倉はそう言って近野官舎の二度目の火災の捜査資料を渡した。

「……殺人事件でしたか」

捜査資料に目を通した榊原は、大きな溜息を吐いた。

「竹野夫妻がホテルから十七時五十五分に出たことは、防犯カメラで確認できました。二人はホテル前でタクシーを利用したようです。彼らを次に発見したのは、十九時三十八分、官舎の燃え上がる炎の中でした。おそらく、何者かに呼び出されて殺害され、死体は官舎に移送されて火を点《つ》けられたのでしょう。我々が見つけたことが幸いでした。死後一時間ほどだったので、残留薬物を発見することができました」

朝倉は捜査資料の補足をした。

「二日続けて自衛官を殺害するとは、犯人はよほど自衛隊に恨みを持っているんでしょうね」

榊原は他人事《ひとごと》のように言った。警察が関わっている事件とは、関係ないと思っているのだろう。前回はまだ協力的だったが、今日は不機嫌だ。管轄の事件の捜査が進展していないのだろう。

「私は犯人が自衛隊への恨みからではなく、何かを隠すために死体を焼却した可能性があると思っています」

朝倉は苛立ち気味に言った。

「しかし、相次いで同じ官舎の自衛官が殺害されたのは事実です。まずは、二人の関係者から洗い出すことが捜査の手順だと思われます。違いますか？」

榊原は険しい表情で言った。朝倉が合同捜査を望んでいることを分かっているからだろう。現段階での合同捜査は、捜査を混乱させると思っているに違いない。

「では先に、そちらが捜査している埋立地での自殺についてお話ししましょうか。埋立地でバックフォーに乗ったまま自殺した男性ですが、完全に炭化していましたよね。しかも、首に掛けていた極太のチェーンネックレスが融《と》けて一部が体内に入り込んでいた。かなりの高温だったはずですが、バックフォーのフレームはまったく変化がなかった。灯油が検出されたそうですが、鋼鉄の融点は約千五百度、金の融点は千六十四度、灯油の燃焼温度は約千二百十度です。チェーンネックレスはステンレス製で融点は鋼鉄と同じですから、灯油の炎でネックレスは融けません」

朝倉は表情もなく事実を口にした。国松のチームが現場を調べて写真も撮影してきたのだ。また、検死解剖の結果は、H大学の高橋教授から得ていた。

「それは、……未だに疑問です」

榊原は声を落とした。自殺と結論を出しているものの、疑問はまだ解決していないのだろう。それに三件の死亡事故の捜査で手一杯という状態は変わらないらしい。

「被害者の佐竹慎二は住所不定とされていましたが、彼が住んでいた場所は分かったのですか？」

「いえ、勤めていた会社に届けられていた住所には、半年前から住んでいませんでした。佐竹はそのころ、競馬とパチンコで借金を重ねてアパートを追い出されたようです。その後、どこに住んでいたのか、まだ判明していません」

榊原は朝倉の相次ぐ質問に狼狽《うろた》えているらしい。

「我々は彼の新たな住処《すみか》を見つけ出しました。彼は油川浪岸《あぶらかわなみぎし》の空き家に半年ほど前から無断で住んでいたようです。不審に思った近所の住民が尋ねたところ、佐竹は空き家の管理を任されていると堂々と答えたそうです。彼が自殺したとされる埋立地から、一・七キロほどの場所です。六月二十三日の午後十時過ぎに火災が発生し、消防車が出動しています。ガソリンが使われていたらしく、そこが殺害現場と思われます」

朝倉は六月二十三、二十四日で不審火がなかったか、増田に尋ねていた。増田は二十三日に油川浪岸の空き家での不審火があったと、即答した。増田に立ち会ってもらい国松のチームに調べさせたところ、空き家跡から弁当箱や煙草の吸い殻などのごみを発見した。吸い殻と割り箸をH大学の佐伯に送り、DNA鑑定をしてもらっている。

「他殺……」

榊原は絶句した。

「犯人は、ミスを犯しました。殺人現場ではガソリンを使い、自殺と見せかけるための重機火災では灯油を使ったのです。ただ、なぜ焼死させた死体をわざわざ別の場所に移したのかという疑問が残ります」

ＤＮＡ鑑定をさせているのは被害者が住んでいたという確証が欲しいからだが、そもそも移動させなければ、犯人も間違えて灯油を使うという単純なミスは犯さなかっただろう。

「それでは、高速道路から落下した車はどうですか？　あの事故も殺人と仰るつもりですか？」

榊原は身を乗り出した。

「事故車を見ましたが、ガソリンは満タンの状態だったと思われます。大きな衝撃を受ければ、ガソリンタンクから燃料漏れということはあったでしょう。ただ、燃料漏れしても必ずしも発火するとは限りません。そのため、簡単な発火装置が使われた可能性は考えられます」

車の事故現場は北井のチームに任せてあったが、フェンスに囲まれた私有地の中に落ちているため、詳しく調べることはできなかった。

「発火装置が仕掛けられていたら、誰でも気付きますよね」

榊原は首を振って苦笑した。

「ひょっとして起爆装置のような物を想像していませんか？　化学反応によって発火させることは可能です。例えば高濃度の過酸化水素とエタノールを接触させれば、急激な酸化反応で発火します。ビニール袋にエタノールの原液と過酸化水素を入れて封印した試験管を入れれば、発火装置になります。事故の衝撃で試験管が壊れたら発火するでしょう。他にも濃硫酸と砂糖を使うことも考えられます。複雑な装置はいらないんです」

朝倉は詳しく説明した。特戦群時代に対テロの座学を受けた際に学んだことである。

「た、確かに……」

榊原は両眼を見開いたまま唖然《あぜん》としている。

「事故現場を調べさせてください」

朝倉は頭を下げた。

「いけない！　今日中に、事故車を撤去することになっています」

榊原は腰を浮かした。

「すぐに止めてくれ。撤去作業で現場が荒らされるぞ」

朝倉は立ち上がって声を荒らげた。

「はい！」

榊原は、スマートフォンを出して電話を掛けた。委託している業者に連絡しているのだろう。

「……はい。……そうですか。……なるほど、それは都合がいい。それでは、改めてこちらから連絡しますので、よろしくお願いします」

榊原は電話を掛けながら朝倉に親指を立てて見せた。

「よかった」

朝倉は大きな息を吐き出した。

3

午後四時五十五分。

パトカーを先頭に朝倉と中村を乗せたマークXが青森西バイパスを疾走し、高架下に転落した事故現場に向かっている。

本部長から特別に許可を得て、特捜局も調査できることになった。榊原が、県警が抱えている三件の事件解決のためと説得したのだ。

青森西バイパスを下りて一般道に入り、住宅街を抜けて鉄製の柵に囲まれた荒地の前で停車した。一方通行ではないが、車がすれ違えるほどの道幅はない狭い道である。

青森西バイパスと奥羽《おうう》本線に挟まれた住宅街の中に、東西に八十メートル、南北に三十メートルという細長い土地である。だが、事故車がこの土地に突っ込んだのは幸運と言えよう。数メートル西にずれていたら民家に衝突し、大惨事になっていた。

荒地には運転席が大破した乗用車がまるでオブジェのように屹立《きつりつ》している。二〇二〇年型アウディA3のブラック、美しいフォルムの車は鉄屑《てつくず》と化していた。被害者である石田康弘は走り屋として知られ、事故死したことに疑問を持つ彼の知人はいなかった。

高架橋のフェンスを破って電線の上を掠《かす》めて地面に突き刺さるように激突し、前方に傾いている。凄《すさ》まじい衝撃でエンジンルームが潰れて、サイズが三分の二になっていた。

県警の委託業者が用意したクレーン車が、高架下の道路に入れないことが現場で分かったらしい。業者は別のクレーン車を手配することになった。おかげで撤去を免れて調べることができるのだ。

朝倉と中村は車を降りて、柵が壊れている箇所から荒地に入った。パトカーから降りてきた榊原は、特捜局の捜査を邪魔しないように柵の外で見守っている。

事故車の周囲には無数の足跡がある。消防のレスキューが運転手を救出した際の足跡だろう。放水で荒地がぬかるみ、足跡が残ったのだ。潰れた運転席から引きずり出した死体は、首が折れ曲がり右腕が焼け落ちて炭化していたそうだ。燃え残った内臓細胞でＤＮＡ鑑定し、石田と判明したらしい。

「どこから探しますか？」

中村がラテックスの手袋を嵌《は》めて尋ねた。

「ガソリンタンクの周りからだ。その前に応援を呼んでくれ」

朝倉もラテックスの手袋をして高架橋を見上げた。

青森西バイパスがカーブしている高架橋の桁下は十メートル近くあり、車が激突して高架橋のフェンスが破壊されている場所から、落下地点までは二十メートル近く離れている。

「もう、到着していますよ」

中村が悪戯《いたずら》っぽく言った。

北井のチームが柵の壊れた箇所から機材や道具箱を手に入ってくる。彼らとは現場で合流することになっていたのだ。道が狭いので、ランドクルーザーを近くに停めて徒歩でここまで来たらしい。

「我々が探し出すのは、発火材となる化合物の証拠だ。一番先に燃えているから発見は困難だと思うが、微細なガラス片だとしても証拠として採取してくれ」

朝倉は北井のチームに説明した。彼らは特捜局のジャケットとキャップを被っている。県警の許可を得たので堂々と作業ができるのだ。

「了解しました」

北井とチームの三人は揃って敬礼した。

事故当時、二台の消防車が駆けつけている。炎に包まれた事故車に泡消火剤を使い、十分ほどで鎮火させている。だが、すぐに内部から再燃したために再び泡消火剤を使って消火作業を行い、数分で消し止めたらしい。この時、運転手を救出しようとしたが、首があらぬ方向に曲がり、炭化した状態だったという。それに足がシートに挟まって簡単に運び出すことはできなかったそうだ。

死亡を確認した消防隊員は手順に従い、車体温度を下げるために放水作業に移行した。再燃を防ぐためである。五分ほど放水して、車体の温度を下げた。レスキュー隊が潰れたドアをチェンソーで切断し、ジャッキを使って死体を車外に引き出したそうだ。

三十分ほど、事故車を入念に調べたが、消防隊の消火作業で物的証拠も洗い流されたらしい。

「投光器を設置しませんか？」

北井が尋ねてきた。午後五時四十分、日は傾いている。暗くなっても鑑識作業を続けるべきだと暗に言っているのだろう。

「そうだな」

朝倉は腕を組むと事故車の脇に立ち、車が突っ込んできた方向を見つめた。

捜査員たちは作業を止めて、二人を見守った。誰しも作業を続けたいと思っているに違いない。彼らの顔つきを見れば分かる。

「この方向に向かって調べる。投光器を設置してくれ」

朝倉は車が飛んできた方向に右手を上げた。

「了解」

北井は頷くと、他の捜査員にハンドシグナルで指示をした。

「どうして、この方向を明るくするんですか？」

中村が小声で尋ねてきた。

「これまで事故車ばかり見ていた。警察の鑑識もそうだろう。だが、これを見ろ」

朝倉は車の後部に回った。

「『これを見ろ』って、壊れた車が見えますよ」

中村は首を傾げて答えた。

「当たり前のことを言うな。バックドアが開いているだろう。地面に衝突した際に開いたかもしれない。だが、その前に爆発して開いたとしたら、物的証拠を空中で撒《ま》き散らした可能性がある」

朝倉は地面に跪《ひざまず》き、ハンドライトでトランクの中を覗いた。セダンのガソリンタンクは、左後輪近くにある場合が多い。事故車の場合、トランクの左奥の下にあった。この場所に発火装置を取り付ければ、車は発火する。おそらく発火装置だけでなく、ガソリンを入れたビニール袋も一緒にセットしてあったのだろう。

「想像力豊かですね。さすがだ」

中村もトランクを覗き込みながら大きく頷いてみせた。

「偉そうに」

朝倉は中村の背中を叩いた。

五分後、東の柵の手前二ヶ所に投光器を設置した。

「みんな聞いてくれ。事故車からフェンスまでの敷地を調べてくれ。空中で証拠を撒き散らした可能性もある」

朝倉は捜査員たちに指示した。敷地内は二十センチ前後に伸びた雑草が生えており、南側の線路際には樹木が防風林のように生い茂っている。

「それじゃ、五人並んで進みましょう」

北井と中村が四メートル離れ、三人の部下が一メートル間隔で並んだ。一人一メートルの範囲で調べれば、五メートルの帯で調べることができる。

朝倉は北井に頷いた。

「はじめよう」

北井の号令で五人の捜査官は跪き、草むらを念入りに調べ始めた。フェンスまでは二十五メートルある。丁寧に調べれば、文字通り日が暮れるだろう。

朝倉は彼らのラインの左側を調査する。一時間ほど前から榊原はパトカーを県警本部に返して捜査に協力していた。彼は現場の指揮を朝倉に任せており、北井らのラインの右側を調べ始める。

午後六時四十五分。手元が暗くなってきたので、朝倉は投光器のスイッチを入れた。フェンスまで残り五メートルほどである。これまで、捜査官たちが見つけたのは、小石やジュースの空き缶や錆《さ》びた釘《くぎ》といった事故前から存在する、ごくありふれた物ばかりだ。

「いまさらですが、消火作業後の現場で物的証拠の採取は難しいでしょうね」

榊原は気難しい顔で横に並んだ。

「一パーセントの可能性でもあれば、それに必死にすがるまでです。事故車はここにありますが、事故は高架橋の上で起きています。実際の事故現場はあの高架橋の上から事故車までの、二十メートル近い空間なんです」

朝倉はフェンスの外をハンドライトで照らしながら答えた。

「頭が下がります。特捜局は、捜査の特殊部隊ですね」

榊原は一心不乱に草原を捜査する北井らを見て言った。

「特殊部隊……確かに」

朝倉は高架橋の破壊されたフェンスを見ようと、ハンドライトを向けた。暗闇のなかで何かがライトの光を反射する。

「うん？」

首を捻《ひね》った朝倉がライトを電線に向けると、また光った。電線に光を反射する小さな物体が垂れ下がっているようだ。朝倉は北井らが持ち込んだ道具箱からヘッドライトを取り出して頭に装着した。

柵を乗り越えて路地に出る。ハンドライトで電線を照らすと、電線だけでなく、近くの電柱にも光る物があった。ハンドライトをポケットに捩《ね》じ込み、ヘッドライトのスイッチを入れた。一番下の足場釘にジャンプして取り付き、電柱をよじ上った。

「危ないですよ。明日、高所作業車を呼びましょう」

中村が大声で注意してきた。

「うるさい！　近所迷惑だ」

朝倉はかまわず上り続けた。天気予報によれば、明日は雨だ。今すぐ採取して確認する必要がある。慎重に電線を触らないように先端まで上り、ポケットからピンセットを取り出すと電柱に貼り付いた半透明の物質を剝がしてみる。頭を下げてヘッドライトで手元を照らすと、反射して光った。ビニールとガラスが高温で融けたのだろう。事故車のトランクから空中に飛び散り、電柱や電線に張り付いたのかもしれない。

「見つけたぞ」

にやりとした朝倉は、半透明の物質を証拠品袋に入れた。

4

午後七時二十分、Ｈ大学附属病院。

佐伯は地下にある研究ラボのデスクで検死解剖に関する書類の整理をしていた。

研究室には様々な実験研究機材が所狭しと並べられており、デスクはその隙間とも言うべき場所にある。

学会に参加している高橋教授は、明日は東京在住の友人に会うため、明後日の午前中に戻る予定である。高橋は自宅には帰らずに研究室に寄るという。佐伯はそれまでに検死解剖の書類を完璧に仕上げ、解剖のデータを使った講義用資料を作成するつもりだ。

「まだ仕事をするのか？」

居残っていた二人の研究員が、席を立った。

「今日は、徹夜かもね」

佐伯は、二人に手を振った。

「高橋教授の助手じゃなくてよかったよ。お先！」

研究員らは苦笑すると、着ていた白衣を出入口近くにあるラックに掛けてラボを出て行った。

「さて。そろそろ、やるか」

佐伯は立ち上がると、片隅に置かれている安全キャビネット（バイオロジカルセフティキャビネット）を覗いた。高橋に依頼された資料は、居残るほど大変ではない。他の研究員が帰るのを待っていたのだ。

昨日、検死解剖した竹野二等陸尉から別々の内臓細胞を取り出し、九十六に細分化してウイルス培養用のマイクロプレートに埋め込んである。高度な技術を必要とされるが、佐伯はそれを試してみたかった。検死解剖した死体を勝手に使用するのは禁止されているので、人目を避けて実験しているのだ。

検死解剖した死体の細胞から、特殊なウイルスが発見できるとは思えないが、滅多に死体が手に入らないため実験している。しかも高橋が出張中という絶好のタイミングだ。

「うん？」

佐伯は首を捻った。マイクロプレートの九十六の窪みに内臓別に微細な細胞片を培養液とともに入れてある。ウイルスは増え出すと細胞変性効果と呼ばれる変化を見せる。変化するまで通常一、二週間掛かるのだが、マイクロプレート上の細胞は泡が立ったように変化しているのだ。

「ウイルスを培養するつもりだったけど、カビが繁殖したのかな？」

苦笑した佐伯はマスクを着けると、安全キャビネットに置かれているマイクロプレートを取り出し、電子顕微鏡のメカニカルステージと呼ばれる台に載せた。

「なんなんだ、これは？　新種のウイルスか？」

佐伯は声を上げてマイクロプレートを撮影した。見たこともないウイルスが増殖している様子が分かるのだ。

ラボのドアがノックされた。

佐伯はノックに気付いたが、清掃員に違いないと無視した。

ドアが開き、清掃員の格好をした二人の男が入ってきた。ゴーグルとマスクをしているが、顎髭がマスクからはみ出している。一人は一八五センチ、もう一人は一八〇センチと二人とも身長が高い。

部屋の様子を窺った一八〇センチの男が、ドアに鍵を掛けた。

「待てよ。どこかで見た形状だ。すげえな」

佐伯は興奮した様子で、二人の男に気付いていないらしい。

一八五センチの男がポケットから注射針を出し、佐伯の背後に立った。男は戸惑うことなく、注射針を佐伯の〝盆の窪〟に刺した。

「うっ！」

佐伯は呻《うめ》き声《ごえ》を上げると、がくりと首を垂れた。電子顕微鏡に頭をもたげ、ずるずると椅子から崩れ落ちる。

「なんて馬鹿な男だ！　バイオハザード・レベル４の実験をこんな粗末な器材でするなんて、クレイジーだ」

一八〇センチの男が電子顕微鏡を覗くと、英語で喚《わめ》いた。

「はじめよう。Ｍ２」

一八五センチの男が英語で答えた。

「Ｍ１。ストーリーは？」

Ｍ２と呼ばれた一八〇センチの男が尋ねる。

「この男は安月給でオーバーワークだ。自殺でいいだろう」

Ｍ１が壁際の棚からエタノールの瓶を出した。殺人を偽装するストーリーという意味である。

Ｍ２は佐伯を壁にもたれて座る格好にさせた。

Ｍ１が電子顕微鏡のメカニカルステージに載せられているマイクロプレートや周辺の装置にエタノールを振りかける。

Ｍ２が佐伯にエタノールを浴びせた。

「仕上げだ」

Ｍ１はボンベ収納庫の扉を開き、医療用酸素と記されたボンベのバルブを捻って開放する。

Ｍ２は電子レンジに殺虫剤のスプレー缶を入れると、スイッチを入れた。電子レンジは実験にも使われるが、普段は研究員の弁当や飲み物を温めるのにもっぱら使われている。

二人はラボから出ると、猛然と走り、附属病院の裏口から出た。彼らの目の前に黒塗りのワンボックスカーが停まる。二人が後部座席に飛び込むと、車は走り出した。

轟音。

地下のラボが爆発し、炎を噴き上げた。

5

午後七時三十四分。青森県警本部。

朝倉は五階の会議室で、県警の榊原と打ち合わせをしていた。テーブルには、お互いに持ち寄った捜査資料が並べられている。

青森西バイパスの事故現場で採取した高温で融けたビニールとガラスの破片は、青森県警の科学捜査研究所に分析を依頼している。

事故車のトランクを改めて調べたところ、爆発した痕跡は発見できた。ただ、ガソリンタンクが爆発しているので、トランク内で爆発したのかは現場では判別できなかった。事故車は殺人の可能性が出てきたので、明日の朝、科学捜査研究所に持ち込まれる。

事故現場の報告を受けた本部長はすべての事件を洗い直すべく、特捜局と県警の合同捜査に踏み切った。今後の捜査方針を決めるべく、榊原と打ち合わせをしているのだ。捜査本部は県警本部に設けられる。駐屯地の司令部棟では、事実上民間人と同じセキュリティレベルの警察官を入れることは難しいからだ。

「二件の事故に事件性があることは分かりましたが、被害者の職業も年齢も違います。彼らに面識があったとは思われません」

榊原は捜査資料を前に首を傾げた。

「三件の事件に一つだけ共通点がありますよ」

朝倉は捜査資料にマーカーで下線を入れて、榊原に渡した。ガス爆発事故も含めて朝倉は事件としている。

「……『競馬』？」

下線が引かれた文字を見て、榊原は首を傾げた。

捜査資料には、六月二十四日に死亡した港湾労働者の佐竹の資料に「競馬」やパチンコによる多額の負債を抱えていたとある。

六月二十六日に青森西バイパスの交通事故で死亡した石田康弘は、その後の警察の聞き込みで、自己破産しており、会社の同僚の話では「競馬」に入れ込んでいたらしい。

また、六月二十九日の飲食店兼住宅の火災で亡くなった里村勝也が「競馬」好きで近所では有名だったそうだ。店は繁盛していたので借金こそしていなかったが、店の利益を勝也が使い込み経営状態はよくなかった。そのため、夫婦喧嘩《げんか》が絶えなかったらしい。

朝倉は三つの事件の「競馬」という単語に下線を引いたのだ。

「『競馬』にラインを引きましたが、もう一つの共通点は経済状態が悪かったことでしょう。実は七月一日未明の官舎の火災で死亡した藤野二尉ですが、官舎の住人への聞き込みで、妻の早苗がギャンブルにハマっていたそうです。主にネット賭博だったらしいのですが、競馬もたまにしていたそうです。二尉の銀行口座を調べたら、六百万円近くあった残高がこの四ヶ月で二十万まで減っていました。早苗は二尉に黙って引き出していたようです。この情報はつい先ほど分かったので、報告書には書かれていません」

朝倉は淡々と言った。国松のチームに官舎で亡くなった二つの家族の身辺調査を徹底的にするように指示して分かったことである。

「それでは、七月二日の火災で亡くなった竹野夫妻もギャンブルで経済状態は悪かったんですか？」

大きく頷いた榊原は尋ねた。

「それが、竹野夫妻はクリーンでした。経済状態も悪くない。彼らだけ、共通点は何もないようですが、少なくとも四つの事件は『競馬』と『金欠』が共通しています」

朝倉は浮かない表情で首を横に振った。官舎の事件は同じ犯人の仕業《しわざ》と思えるが、部屋が隣り同士ということ以外に共通点は見出せないのだ。

電子音が響いた。

「すみません」

榊原は立ち上がるとポケットからスマートフォンを出し、部屋の片隅で電話に出た。

「本当か。……分かった」

榊原が暗い表情になり、通話を切った。

「どうしました？」

朝倉は思わず尋ねた。

「H大学附属病院で火災が発生しました。火元は医学部のラボのようです」

榊原がスマートフォンをポケットに仕舞いながら答えた。

「行方不明者はいますか?」

両眼を見開いた朝倉は、さらに尋ねた。

「分かりません。現場の交通整理に署員が派遣されています。後で尋ねてみましょう。今出動しても消火作業の邪魔になりますから」

榊原が椅子に座った。捜査に関係ないと思っているのだろう。

「医学部のラボなら検死解剖を依頼している医学研究科に関係しているかもしれない。現場に行きましょう」

朝倉は立ち上がった。

6

H大学附属病院は敷地中央に正面玄関がある外来診察棟があった。その東側に中央診察棟があり、外来診察棟の北側に高度救急センターと南側に病棟があり、正面玄関の西側は駐車場になっていた。

また、高度救急センターの東側に医学部の保健科と大学院があり、医学部の四階建ての総合研究棟は中央診察棟の東側にあった。

医学部法医学の解剖室と研究ラボは総合研究棟にあり、出火しているのはまさに研究ラボがある地下からである。

Ｈ大学附属病院の敷地は広いが、診察棟、病棟、研究棟が隙間なく建っているため、消防車が敷地内に入ることはできず、研究棟の東側にある一方通行の路地に消防車が三台縦列駐車で消火作業をしている。駐車場から火災現場までは、距離があるのだ。


午後八時三十分。

榊原と共にパトカーで現場に急行した朝倉は、消防車の後方から消火作業を見守っていた。

消火活動の邪魔にならないように火災現場の北側にある医学部大学院前の駐車場にパトカーを停めていた。救急センターと医学部大学院がある建物の間の通路を抜けた八十メートル先に現場がある。

朝倉は国松と北井のチームを呼び寄せており、増田も初動班を呼び寄せていた。三つの捜査チームは手分けして病院関係者と周辺での聞き込みを開始している。

「鎮火したようですね」

増田が、朝倉の傍らで言った。無線で消火活動の状況を聞いているようだ。消防課調査係のチームも消火活動が終わるのを駐車場で待っている。

「私も調査に加わります」

朝倉は増田に言った。榊原と共に現場の初動捜査に加わることになっているが、増田にも断りをいれるのは捜査上の仁義である。

「心強い。いつも手伝って頂ければありがたいのですが」

増田は何食わぬ顔で答えた。彼とはすでに意思の疎通ができているようだ。

「当分は青森にいますから」

朝倉は苦笑した。

消火活動をしていた消防隊員が撤収を始めた。同時に防毒マスクをした隊員が、構内に入っていく。生存者の確認でもするのだろう。あるいは、医学部の研究ラボには様々な薬品が保管されていたという情報が入っているので、有毒ガスが発生したのかもしれない。

「現場の安全確認中です。もうしばらくお待ちください。駐車場に戻りましょう」

増田は無線連絡を聞きながら駐車場に戻ると、部下の調査員に手を振って見せた。頷いた調査員らは赤いバンから機材を下ろし始める。

――こちら、国松。ボス、応答願います。

聞き込みをしている国松から無線連絡が入った。

「朝倉。どうぞ」

――二人の医学部研究員を見つけました。爆破直前まで地下ラボにいたそうです。

「本当か！　名前は？」

朝倉は高橋教授助手の佐伯の安否が気掛かりであった。

――櫻《さくら》井《い》亮《りょう》太《た》と大内《おおうち》隆久《たかひさ》です。彼らは帰宅しようと病院の敷地から離れていたのですが、爆発音を聞いて戻ってきたそうです。

「高橋教授の助手の佐伯を知らないか聞いてくれ」

――佐伯は研究ラボに一人で居残っていたそうです。彼らはそれを心配しています。

「了解。これから現場に入る。そのまま聞き込みを続けてくれ。通信終了」

朝倉は、準備を整えた消防課調査係の四人の調査官を見て言った。

「火元は研究ラボのようです。現場の安全は確認されました。行きましょう」

頷いた増田は、歩き始めた。

建物の間の狭い通路を抜けると、中庭に出た。

総合研究棟の出入口に榊原と初動班が佇《たたず》んでいる。増田ら消防課調査係を待っていたのだ。

「お先に失礼します」

増田は朝倉と榊原に会釈し、中央の出入口から総合研究棟に入っていく。

出入口は消防車が停められている路地に面した裏口まで通じており、通路の左手にエレベーター、反対側に階段があった。階段は塗り潰されたように煤で汚れていた。地下からの煙と炎の煙突と化していたのだろう。

「出火時に総合研究棟には八名の研究員が残っていたようです。火災報知器が鳴る前に、七名がエレベーターを使わずに煙が立ち込めた非常階段から脱出しています。建物が爆発で揺れたので地震だと思ったそうです」

増田は階段を下りながら言った。研究員らは、いち早く脱出したために火災に巻き込まれずに済んだようだ。

「佐伯は逃げ遅れたんですね」

朝倉は彼のすぐ斜め後ろを歩いている。

「恐らくそうでしょうが、現段階では確認できません」

増田が溜息と共に答えた。火災現場の死体は、身元が判明しないことがあるからだろう。

「……なるほど」

朝倉は彼の溜息の意味を察した。

増田は階段を下りると、左手に進む。彼は事前に建物の構造を把握しているのだ。それに、鎮火した直後に現場を確認している消防員から報告を受けているのだろう。

「ここが研究ラボです」

増田が廊下の途中で立ち止まった。鉄製のドアが左のコンクリートの壁にめり込んでいる。通路の右手にドアがあった出入口が、四角いただの穴と化していた。窓もない地下室なので、爆発の威力が増したのだろう。

三名の調査員が、朝倉らよりも先にラボに入って行く。

「念のために安全を確認します。火災現場はしつこいほど安全を確認しないと、何が起きるか分かりませんので」

増田は部下の作業を見ながら言った。彼らはガス検知器や目視で異常がないか調べている。

「安全を確認。死体を一体発見しました」

数分後、部下の一人が部屋から出て増田に表情もなく報告した。サブリーダーの鵜飼《うかい》副主任である。彼らはいつも悲惨な現場を見ているので慣れているのだろう。

「案内してくれ」

増田が鵜飼に頷いた。

「はい」

鵜飼は表情を変えることもなく、部屋に戻った。

朝倉は増田とともに部屋に足を踏み入れる。榊原は初動班に待機を命じ、朝倉の後に従った。ラボはありとあらゆる物が高温で燃えたらしく、原形を留めていない機材もある。

「こちらです」

鵜飼は部屋の中程に三人を案内し、床を指差した。ボウリング玉のような大きな塊が床に転がっている。それが、人間の頭だと気付くのに時間がかかった。よく見れば少し離れたところに胴体もある。頭部は焼け落ちて転がったらしい。

「なっ！」

榊原は大きな声を上げた。人間と理解するのに朝倉よりも時間が掛かったようだ。

跪いた朝倉はラテックスの手袋をして、黒焦げの頭部をそっとひっくり返した。顔を表にすると、両目の周りに黒いプラスチックが溶けてくっ付いている。黒縁眼鏡が融けた跡のようだ。

「ホトケは、佐伯くんらしいな」

朝倉は頭部を元に戻し、立ち上がると手を合わせた。

フェーズ5：合同捜査

1

七月四日午前八時四十分。

青森警察署の四階講堂に所轄の警察官がテーブル付きの椅子や長机を並べている。左手の壁際にパソコンとプリンター、それにコピー機も用意されていた。

県警本部は、特捜局との合同捜査本部を青森警察署に置くことに決定し、その準備をしているのだ。特捜局の捜査員はすでに講堂に集まっているが、午前九時に捜査会議が始まるために県警の捜査員はまだ集合していない。

「雨が降ってきましたね」

窓際に立っていた榊原が、空を見上げて呟いた。

今回の事件は社会的に影響力が大きいので特別捜査本部が設置され、トップは青森県警本部長の海沼となる。

「まだ梅雨は明けていないということでしょうね」

朝倉は榊原の独り言になにげなく答えた。時系列に事件のタイトルと簡単な内容をホワイトボードに書き込んでいる。捜査会議の立ち上げにミスは許されないので、反射的に答えているに過ぎない。

昨日の研究所ラボの火災も事件として加えていた。六件の事故をすべて事件として扱うのは、現段階では無理がある。共通性を見出していないので、一緒に扱うべきか捜査員を混乱させるかもしれない。すべての事故が関連する事件だというのは、朝倉の勘に過ぎないのだ。

「やはり、捜査会議を仕切ってもらえますか？　あなたは警視で特捜局の幹部かもしれませんが、事件のことを一番よく知っている現役の捜査員でもあるわけでして」

振り返った榊原は、困惑した表情を見せた。捜査本部の主体はあくまでも県警という位置付けのため、会議の司会を彼に任せていた。

朝倉は副局長として捜査会議の〝雛壇《ひなだん》〟と呼ばれる幹部席に、海沼と警察署長である香川洋平《かがわようへい》と一緒に座ることになっているのだ。もっとも、幹部席は立ち上げ時に設けられるが、会議が終われば形だけのものとなる。

「司会は私が務めても構わない。だが、私の紹介はちゃんとして欲しい」

朝倉は小さく頷いた。六件の連続殺人事件ともなれば、近年稀《まれ》に見る凶悪犯罪である。榊原が及び腰になるのも無理はない。

「もちろんです。〝檀家《だんか》まわり〟は本部と所轄で組みますが、特捜局はどう振り分けますか？」

榊原は首を傾げた。特捜局と組んだことがないので分からないのだろう。

〝檀家まわり〟とは聞き込み捜査のことで、殺人捜査においては、目撃情報などの聞き込みである〝地取り〟、被害者の交友関係の情報収集を行う〝鑑取り〟、現場に遺留された証拠品の分析と調査の〝ブツ〟の三つの聞き込み捜査を柱とする。もっとも、今回は遺留品がほとんどないため、〝ブツ〟の捜査は、〝地取り〟と〝鑑取り〟チームが同時に行うことになるだろう。

「捜査の手順は、同じですよ。我々に地の利はない。地元の捜査員と組ませてください」

朝倉は苦笑した。榊原は特捜局の捜査員が朝倉を除いて、中央警務隊出身ということを知っているため勝手が違うと思っているのだろう。

「了解です。ところで、昨日の被害者は、一連の事件とどう繫がるんでしょうか？」

榊原はホワイトボードに書き込まれた内容を見ながら尋ねた。昨日の事件まで書き込んでいるので戸惑っているらしい。

朝倉はホワイトボードの仕上げに、被害者の写真を貼り付けた。

「捜査に委ねましょう」

朝倉も完成したホワイトボードを見つめ、腕組みをした。検死解剖をして殺害されたのなら、捜査に対する犯人からの警告ともとれる。だが、推測に過ぎないため、口にすることはない。

「ボス。資料ができました」

中村が出来上がったばかりの捜査資料を朝倉と榊原に渡した。彼に昨日のH大学の総合研究棟の火災も資料として追加させたのだ。

「いいだろう」

　追加された資料に目を通した朝倉は、軽く頷いた。

　二人のやりとりを見ていた国松らが、捜査員用に用意された椅子の上に急いで資料を配り始める。講堂の出入口から県警の捜査員たちが入って来たのだ。

「もうそんな時間か」

　朝倉は腕時計で時間を確認した。午前八時五十五分になっている。

　海沼も姿を現した。本部長が入場したので、他の捜査員が慌てて席に着いている。

「おはようございます。本日はよろしくお願いします」

　朝倉は出入口まで出迎え、慇懃に海沼に頭を下げた。彼には捜査本部立ち上げの挨拶をしてもらうことになっていた。

「こちらこそ、よろしくお願いします」

　海沼も丁寧に挨拶を返した。

「上席にどうぞ」

　朝倉は笑顔で雛壇の一番奥に案内した。

「準備ができているようですね。さすがです。ただ、六件の事件を一度に捜査するなんてことが可能なんですか？」

　海沼は椅子に腰を下ろし、ホワイトボードを見て首を捻っている。これほどの事件が一度に起きることは青森では滅多にないため不安なのだろう。

「事故を殺人という観点から洗い直すだけですよ。共通点は必ずあるはずです。犯人はそれを火を使って消滅させているに違いありません。それを見つけ出すんです」

朝倉は右拳を握りしめた。

「それにしても、共通する証拠とはいったいなんでしょう？　すべて灰にしてしまうなんて、警察泣かせ、いや特捜局泣かせですよね」

海沼は苦笑して見せた。

「まったく、その通りです」

朝倉は溜息を押し殺した。

2

午前十一時二十分。青森警察署、講堂。

朝倉は窓際に立ち、雨に濡れそぼる柳町《やなぎまち》通りをぼんやりと眺めている。

捜査会議ですべての事件を客観的に説明しながら、質問に応じた。捜査会議では捜査員が疑問を呈すことはあまりないが、今回は質問の嵐だった。それだけ熱心と受け取れなくもないが、捜査員らが捜査対象に納得していないということだろう。体力は無尽蔵にあると自負するが、質疑応答にほとほと疲れた。

七月二日の事件に関しては殺しのプロの可能性を指摘したが、県警の捜査員が納得したかは分からない。

これまで経験した中でもワースト５の捜査会議に入るだろう。一つ一つの事故を事件とするにも物的証拠が足りない。そもそも、どの事件も犯人の目撃情報がないのだ。

「何を悩んでいるんですか？　捜査は始まったばかりじゃないですか？」

中村も窓際に並び、柄にもなくまともなことを言った。

特捜局の二つのチームは地元の刑事と組んで聞き込み捜査をしている。中村は捜査に加わらずに朝倉と榊原と一緒に捜査本部の留守番役であった。また、トップの海沼は警察本部に帰っており、署長の香川も執務室に戻っている。

「だな」

朝倉は短く答えた。

現時点で殺人が確実に証明できるのは、七月二日に近野官舎の火災で死亡した竹野二等陸尉の事件だけである。死体から採取された塩化カリウムが、唯一の物証と言えよう。

「それにしても、竹野さんと佐伯さんが殺されたのは、他の事件とは違う気がしますね。切り離して考えてもいいんじゃないですか？」

中村はホワイトボードを見て言った。

「そんなことは承知している。官舎と医学部研究ラボの捜査チームには、むしろ他の事件を気にするなと言ってある」

朝倉は空を見上げながら言った。七月二日の事件はプロの犯行というのはミスリードだったかもしれない。だが、普通の殺人事件でないという警告も込めて捜査を促したのだ。だからといって先入観で雑な聞き込みをするような捜査員はいないだろう。聞き込みは地味な仕事であるが、小さな証拠の積み上げが事件の解明に繋がる。

「さすがですね。ボスは」

中村は屈託なく笑った。

「おまえの頭の中は、天気と関係なくていいな」

眉をぴくりとさせた朝倉は中村の背中を叩いた。

「痛い！　です」

大袈裟に叫び声を上げた中村は、振り返って涙目になっている。

「……」

苦笑した朝倉は、ホワイトボードを見つめて首を傾げた。

「どうしたんすか？」

中村は朝倉の視線の先を見て言った。

「県内に競馬場ってありましたっけ？」

朝倉は、老眼鏡を掛けてパソコンに向かっている榊原に尋ねた。青森県の情報はそれなりに調べて来たつもりだが、競馬場という情報はなかった気がする。榊原は海沼と違って現場のトップとして指令を出す必要があるため、捜査本部に残っているのだ。

「一九五一年に廃止されてからは青森県にはありません。最寄りの競馬場は、岩手県の盛岡競馬場です。県内の熱心な競馬ファンは車を飛ばしてでも行くかもしれませんが、たいていは〝ＪＲＡ・ウインズ津軽〟に馬券を買いに行くでしょうね。もっとも今ではインターネットで馬券は買えますから」

榊原は眼鏡を額に載せて答えた。

「ＪＲＡ……。なるほど」

朝倉は大きく頷いた。地方によって名称は変わるが、場外馬券場のことである。かつての場外馬券場のようにうらぶれた雰囲気はなく、巨大なスクリーンで競馬中継が見られる施設も多い。

「ウインズ津軽は、市内から三十キロほど離れた南津軽郡にあります。洒落《しゃれ》たガラス張りのビルで、無料の自由席から競馬中継が大スクリーンで見られるので人気らしいです。ここから車なら四十分で行けますよ」

榊原はポケットから禁煙パイプを出して口に咥《くわ》えた。朝倉の質問の意味が分からないものの、丁寧に説明してくれたらしい。

「ウインズ津軽の監視カメラの映像は見られませんか？　裁判所の提出命令は要りませんよね」

朝倉はホワイトボードに近付き、競馬という文字を指差した。七月二日と三日の事件以外の被害者は金銭的トラブルを抱えており、競馬で繋がりがあった。市内の聞き込みが終わればいずれウインズ津軽にも入るだろうが、捜査員の手を煩わせるまでもない。

「以前も捜査協力をしてもらいましたから、大丈夫でしょう」

榊原は立ち上がってホワイトボードの前に立った。

「佐竹の事故から二週間前まで遡って取り寄せてもらえますか？」

朝倉はスマートフォンのカレンダーを見て行った。競馬は土日祝日に運営されている。二週間前まで遡るということは土日の四日分ということだ。

「了解です。すぐに手配します」

榊原はパソコン横に設置してある内線電話の受話器を取った。

「二週間分の監視映像を誰が見るんですか？」

中村が心配げに尋ねてきた。確認作業をさせられると思っているのだろう。

「特捜局の本部に送って、戸田に顔認証させる。接点は競馬だ。競馬場で被害者の映像を見つければ、手掛かりを見つけられる可能性がある」

朝倉は顔認証ソフトで被害者を見つけようとしているのだ。

「なるほど、それは名案だ」

中村は調子に乗ってポンと手を叩いた。

「ウインズ津軽に行ってデータを貰ってこい」

朝倉は中村を睨みつけながら言った。

3

午後十一時五十分。青森警察署講堂、捜査本部。

朝倉はノートＰＣで監視映像を見ながら欠伸を嚙《か》み殺した。

ＪＲＡ・ウインズ津軽から監視カメラごとに四日分の映像をＵＳＢメモリに分割コピーしてもらっていた。特捜局本部にはデータをネットで送っている。だが、戸田の仕事上の都合で、作業は明日からになるらしい。彼の場合、サイバー防衛隊と兼務しているため、無理はいえないのだ。そのため、無駄になるかもしれないが朝倉は自分の目で確認することにした。

聞き込み作業をしている国松と北井のチームは、ホテルに帰している。朝一番から聞き込みで足を使ってくれたので、彼らには休息が必要なのだ。

「ウインズ津軽の営業時間は、〇九二〇《まるきゅうふたまる》から一六四五《ひとろくよんご》までと七時間以上で、しかもカメラは何台もあるんです。二人で手分けしても一週間は掛かりますよ」

別のノートＰＣで監視映像を確認している中村が不満を漏らした。作業をはじめて四時間ほど経過しているので、音を上げたらしい。正直言って朝倉も目の疲れをかなり感じている。だが、ここで弱音を吐くわけにはいかない。

「黙って被害者を探せ」

朝倉はPCのディスプレーを見つめたまま言った。駐車場に向けられた二台の監視カメラの映像を二人は見ていた。駐車場に絞り込んでいるのだ。

監視映像で顔を認識するには拡大しなければならず、目視だけでは中村が言うように一週間は掛かってしまう。そこで、六月二十六日に車の事故で死亡した石田に絞り込んでいるのだ。彼の愛車である二〇二〇年型アウディA3のブラックなら特定は簡単なはずである。

六月十五日はすでにチェックしており、二人とも六月十六日の映像を確認していた。

田園地帯を東西に抜ける弘前黒石《ひろさきくろいし》I・C連絡道路と、南北に走る弘前鉄道弘前線が交差する南東に約二百六十メートル四方の広大な敷地がある。敷地の北面に田舎館《いなかだて》村埋蔵文化財センターと田舎館村博物館があり、南東の角にJRA・ウインズ津軽の建物がある。広大な敷地の北東の角にJRA・ウインズ津軽の入場門があり、二千三十二台の駐車場があった。

「おっ！　アウディの黒が駐車場に入って来たぞ。来い、来いこっちに来い……」

朝倉はノートPCを摑んで叫んだ。入場門を潜った黒のアウディがまっすぐ南に走ってくる。

「〇八五〇《まるはちごまる》に入場だなんて、やる気満々ですね」

中村は朝倉のノートPCを覗き込み、タイムカウンターを読んで笑った。

「よっし！　ナンバーを確認したぞ。石田の車だ」

朝倉は両手を握りしめた。石田は職場の同僚をJRA・ウインズ津軽に誘っていたと証言を得ている。その際、財布の金を使い果たしても、同僚に金を借りて賭けていたそうだ。そのため、石田は同僚から職場で敬遠されていたらしい。

「〇八五〇以降の他の監視映像も確認します」

中村は自席に戻り、ノートＰＣに向かった。

石田は車を降りると、そそくさとＪＲＡ・ウインズ津軽の館内に入った。

「館内の監視映像を見るぞ」

朝倉は、ノートＰＣに接続してあるＵＳＢメモリを大スクリーンがある会場の監視カメラの映像を収めた物と差し替えた。

「六月十六日、〇八五〇」

朝倉は呟きながら映像を進める。

「ボス。見つけました。馬券売り場にいましたよ」

中村が声を上げた。

「いきなり馬券を購入するのか」

朝倉は椅子を中村の斜め後方に移動させ、中村のノートＰＣのディスプレーを見た。刑事時代に殺人事件の捜査で東京競馬場に何日も張り込んだことがある。その際に、組んでいた佐野から犯人の気持ちを知るためという理由で競馬の手解《てほど》きを受けた。

馬券をすぐ購入するというのは、あらかじめ競馬新聞で買うべき馬券を決めていたからだろう。だが、勝負師はレースの直前まで天候や馬の調子などを自分の目で確認して決めるそうだ。石田は負けを回収しようと大穴や万馬券を狙う傾向があったらしい。

「石田が自己破産したのは、事故の三週間前らしいですよ。馬券を買う金をどこで手に入れたんでしょうか？」

中村は腕組みをして首を横に振った。

朝倉は自分のノートPCを見るため、席に戻った。石田は馬券売り場を離れ、観覧席に移ったのだ。監視画像に大スクリーンの観覧席が映っている。時間を短縮するために二倍速再生にした。

石田は午後三時過ぎにＪＲＡ・ウインズ津軽を出た。誰かと接触した様子はない。

「くそっ！」

舌打ちをした朝倉はＵＳＢメモリを差し替えた。念のために石田が駐車場を出る瞬間まで確認するのだ。

「最終レースを待たずに出たということは、すっかり金を擦ったんでしょうね」

中村は大きな溜息を吐いた。

「そんなところだろう」

朝倉は水を飲もうとペットボトルを摑んで舌打ちした。二本用意してきたのだが、空になっている。

「買ってきますか？　それとも、今日は帰りますか？」

中村が空のペットボトルを振って見せた。

「そうだな……待てよ」

画面を空《うつろ》な目で見ていた朝倉は、眉を吊り上げた。車を出そうとしていた石田が、突然車から降りたのだ。

「どこに行く？」

朝倉は映像の石田を目で追った。石田は建物の出入口まで戻ると、しばらくして車に乗り込んだ。

「何か手に持っていますね」

中村が映像を拡大した。石田は右手に白い紙のような物を持っている。だが、何が書き込まれているのかまでは見えない。

「明日、ＪＲＡの関係者に聞き込みをしよう」

朝倉はノートＰＣの電源を切った。

4

七月五日午前九時二十分。

朝倉はマークＸに乗り、青森警察署を出た。

朝一番で捜査会議を開き、捜査員は各自の捜査目標を確認して解散している。ＪＲＡの関係者への聞き込みはプライオリティが低いため、朝倉自らすることにした。

「今日は日本全国で、猛暑日が昨日の二倍以上の広範囲で観測されるそうですよ。青森での捜査は悪くないですね。なんせ最低気温が東京と違いますから」

ハンドルを握る中村はさっそくどうでもいいことで話しかけてきた。昨日は遅くまで仕事をしていたが、体力は回復しているようだ。中村は沈黙が嫌いらしくいつも世間話をしてくるのだが、朝倉はそれを独り言と聞き流している。

腕を組んで目を閉じた。朝倉の最大の弱点は左目である。視力は０・１ほどでまったく見えないわけではない。だが、スマートフォンやパソコンのディスプレーを見ていると、極度に疲れるのだ。

「ＪＲＡ・ウインズ津軽は休館ですが、大丈夫ですか？」

五分ほど無視していると、中村は質問してきた。昨日、本当ならＪＲＡ・ウインズ津軽に監視映像を取りに行かせるつもりだった。だが、ＪＲＡ・ウインズ津軽に問い合わせたところ、帰宅予定の職員に持たせると言われ、警察署まで届けてもらったのだ。

「ＪＲＡの職員の休日は月火だ。ウィークエンドの開催業務以外の水曜日から金曜日は平常業務をしている」

朝倉は目を閉じたまま答えた。

「へえー。よくご存じですね」

中村が妙に感心している。本当に知らなかったらしい。

「捜査員として常識だ」

朝倉は苦笑した。防衛省は単独の警察権を手に入れたくて警課を潰したらしいが、警課の元捜査員を呼び戻さなければ、特捜局の捜査能力の向上は望めないだろう。防課と警課が切磋琢磨《せっさたくま》してこそ、特捜局は抜きん出た捜査組織だったのだ。

三十分後、東北縦貫自動車道の黒石インターチェンジから弘前黒石Ｉ・Ｃ連絡道路に出た。片側三車線の広い通りである。

「そういえば、知っていますか？」

しばらく黙っていた中村が明るい声で言った。朝倉に冷たい態度を取られてもめげない。それが、彼の長所とも言えよう。

「知らない」

朝倉は即答した。

「つれないな。近くに田んぼアートがあるんですよ。毎年、ニュースで各地の田んぼアートが評判になるでしょう。今年の青森の田舎館村田んぼアートは、『じいさんばあさん若返る』だそうです」

中村は嬉しそうに話す。この男は緊張を強いられる仕事の前に口がよく動くらしい。捜査員にも拘わらず、聞き込みはあまり好きじゃないと言っていた。

「そこの交差点だ」

朝倉は素気なく答えた。

「累計一億部超えの人気漫画ですよ。興味なしですか。まったく」

中村は首を横に振りながら左折した。

ＪＲＡの緑色の看板を掲げた鉄骨を組んだ大きな入場門がある。一見無骨だが、競馬のスタートゲートをイメージしているのだろう。競馬ファンなら喜びそうなデザインだ。

中村は入場門を潜り、ＪＲＡ・ウインズ津軽の正面玄関前に車を停めた。

朝倉は正面玄関を通り過ぎ、職員の通用口から入った。

「特捜局です。事業執務長に面会したいのですが」

朝倉はバッジを出し、通用口近くに立っている警備員に見せた。出かける前に電話で事業執務長の河崎《かわさき》にアポイントは取ってある。平日の払い戻しはしていないが、開催業務では巨額の現金が動くので平日でも警備員が配置されているのだろう。

「了解しました」

警備員は無線機で村田《むらた》という職員を呼び出した。

ほどなくして若い女性が駆け足でやってきた。

「お待たせしました。ご案内します」

村田は朝倉らに頭を下げると、早足で歩き始める。

「よろしくお願いします」

朝倉は慌てて挨拶をして彼女に付いて行く。平常業務でも忙しいらしい。明日は開催日ということもあるかもしれない。村田は観覧席がある会場ではなく、通路の奥へと進む。

「失礼します。お客様をご案内しました」

村田は〝事業執務長〟と記されたドアをノックすると、返事も待たずに開けた。すぐに案内するようにいわれていたのだろう。

「お入りください」

河崎はスマートフォンを手に頭を下げた。電話中だったらしい。

朝倉と中村は電話の邪魔にならないように頭を下げて部屋に入った。十八平米ほどの部屋に執務机とソファーが置いてある。

「失礼しました。明日は開催業務なので、少々立て込んでいるんです。どうぞお掛けください」

通話を終えた河崎は立ち上がると、朝倉らにソファーを勧めた。

「改めまして、特捜局副局長の朝倉俊暉と申します。捜査協力していただきありがとうございます」

朝倉は丁寧に頭を下げてからソファーに腰を下ろした。

「お役に立てそうですか？」

河崎は笑顔で尋ねた。

「昨日は監視映像をお貸しくださり、本当にありがとうございました。おかげさまで被害者の一人を確認できました。そこで、ちょっと気になることがありまして、まずは映像を見ていただけますか？」

朝倉は中村を促した。中村は手提げ鞄からタブレットＰＣを出すと、立ち上がって河崎の目の前に出した。

「これは六月十六日、午後三時二十分の正面玄関の監視映像です。六月二十六日に事故で亡くなった石田康弘さんが映っています」

中村は監視映像を見せながら説明した。

「はあ」

河崎は映像を見る意味がわからずに生返事をした。

「石田さんは一旦駐車場に停めてある自分の車に向かいますが、なぜか玄関近くまで戻り、再び車に戻る際には手に白い紙を持っています。何か心当たりはありませんか？」

朝倉も立ち上がって画面に映る石田を指差し、補足した。

「私には分かりかねますが、警備の者なら分かるかもしれません。ちょっと待ってくださいね」

河崎は無線機を出して大石《おおいし》という警備員を呼び出した。

ドアがノックされ、先ほど通用口近くで対応してくれた警備員が顔を覗かせた。警備の責任者のようだ。

朝倉は大石にも河崎にしたのと同じ説明をして、監視映像を見せた。

「ちょっと、お待ちください」

大石はポケットからスマートフォンを出した。

「……これは、治験の勧誘ですね。はじめ、館内でビラ配りをしたいと言われたんですが、館内ではいかなる宣伝行為も許可されていないために断りました。すると出入口の外で一時間ほど、ビラ配りをしたのです。建物の外でも敷地内なので断ったのですが、先方から医学のためと押し切られてしまいまして」

大石は一瞬言葉に詰まり頭を掻いている。

「治験の勧誘！　どこの研究機関ですか？　そのビラはありませんか？」

朝倉は眉を吊り上げ、大石に迫った。

「……二週間以上前の話ですからね」

大石は朝倉の視線を外し、首を横に振ってみせた。

「敷地内でビラ配りをしていたなんて初耳だ。たとえ医療機関だとしても報告してくれ」

河崎は大石を睨みつけて言った。初耳だったらしい。

「申し訳ございません」

大石は河崎に頭を下げた。

「それでは我々は失礼します。ご協力ありがとうございました」

朝倉は執務室を出ると、通用口の前で立ち止まった。

「あの警備員、匂いますね」

中村は囁《ささや》いた。

五分ほどして大石が執務室から出てきた。ビラについて報告していなかったためにこってりと絞られたようだ。

「ビラを持っているんでしょう？」

朝倉は大石の前に立ち塞がって尋ねた。

「…………」

大石は黙って俯いた。

「正直に言えば、咎《とが》めませんよ」

朝倉は大石の顔を覗き込んだ。

「……家計が苦しくて、私も応募しようかと悩んだのです」

大石はスマートフォンを出して、一枚の画像を見せた。

治験に協力すれば、三十万円の報酬を出すという小さなチラシである。問合せ先も団体名も載っておらず、詳しくはQRコードからと記載されていた。

「怪しげですね」

朝倉は大石からスマートフォンを取り上げ、訝しげに画像を見た。

「失礼します」

中村はすかさずチラシの映像を転送コピーした。

「もう一つ、お伝えしなければならないことがあります。事業長には黙っていて貰えませんか」

大石は声を潜めた。

「内容によりますが……」

朝倉は小さく頷いた。

「実はビラ配りは前日の十五日にもありました。ただ、事業長に二日間も報告をしなかったことがバレたら、首ですから」

大石は消え入りそうな声で告白した。大石はチラシ配りを黙認することで便宜を図ってもらうつもりだったのかもしれない。

「分りました」

朝倉はスマートフォンを大石に返した。

5

七月五日午後十二時十四分。

防衛省Ａ棟の地下一階から四階に、自衛隊の最高指揮を執《と》る中央指揮所がある。照明が落とされた四十平米ほどの部屋の壁面には２０３インチの大型ＬＥＤビジョンがあり、様々な情報を映し出していた。中央指揮所内にある自衛隊サイバー防衛隊隷下のサイバー作戦隊の部屋である。

ＬＥＤビジョンの前に複数の端末ディスプレーが置かれたデスクが横一列に並べられており、陸自と海自と空自の制服を着た技官が端末ディスプレーに向かって作業をしている。他にも同じようなサイバー対策の部屋があり、防衛省や各地の駐屯地に仕掛けられるサイバーテロに対処している。この部屋は最高のＩＴ技術を持った技官が揃えられており、〝Ａルーム〟と呼ばれている。

特捜局の制服を着た戸田は自衛官に交じって、キーボードを叩いていた。

「戸田さん、もうお昼休みですよ。食事はいいんですか？　休憩はしっかり取ってください。ただでさえ、ブラックな部署と思われがちですから」

室長の河北《かわきた》一等陸尉が冗談ぽく言うと、他の隊員が笑った。照明を落として作業をしているので、確かにブラックと言える。戸田は防衛省職員という枠での採用なので自衛官ではないが、この部屋の誰よりもスキルが上なので、一目置かれていた。

「もうそんな時間ですか。気が付きませんでした」

戸田はキーボードを叩きながら答えた。

「熱心ですね。でも、食事はしっかり摂ってください」

河北が首を横に振ると、作業を止めて立ち上がった。彼らは休憩室で弁当を食べるのだ。

「そうですね。そうします」

戸田はディスプレーの電源を落とし、席を立った。

Aルームを出て廊下奥にあるドアをセキュリティカードで開け、エレベーターホールに出る。エレベーター横に銃を携帯した中央警務隊の警務官が立っていた。中央指揮所の警備は、中央警務隊が担っているのだ。

戸田がエレベーターに近づくと警務官が、会釈をして呼び出しボタンを押してくれた。七月一日からサイバー防衛隊に編入されたが、以前から特捜局と兼務していたので顔見知りなのだ。

「ありがとうございます」

戸田は笑みを浮かべた。

エレベーターに乗り込んだが、行き先は地下一階である。セキュリティチェックのために直接地上階に出られないのだ。地上階への階段は防火扉によって緊急時以外は閉ざされている。また、階段室のドアは、出入りにセキュリティロックを解除しなければならない。

地下一階で降りると、持ち物をカゴに入れて係の職員に渡して金属探知機のゲートを抜ける。空港のセキュリティチェックと同じである。

何事もなく金属探知機のゲートを抜けて持ち物を返してもらう。ゲート先にあるカウンターに行って預けていた私物のスマートフォンを受け取った。個人のスマートフォンやパソコンなどのデバイスはもちろん、ＵＳＢメモリなどの記憶媒体も中央指揮所に持ち込むことは禁じられているのだ。

中央指揮所から出入りするのには何重ものセキュリティを通過しなければならない。国家防衛の最高司令部なので、厳しいのは当たり前ではある。同じ部屋の隊員は昼飯を弁当にしており、就業時間中に、地上階に出ることはない。出入りが面倒だからなのだろう。

「ふう」

スマートフォンを手にした戸田は小さな溜息を吐いて、上階への直通エレベーターで地上一階に上がった。これから毎日このセキュリティの手順を繰り返すのかと思うと気が滅入る。

「あれっ」

戸田はスマートフォンのメールのチェックをすると、慌ててＡ棟を飛び出した。朝倉からメールが入っていたのだ。着信履歴も残っていた。

「戸田です。すみません。こもっていたので、連絡できませんでした」

走りながら朝倉に電話をかけた。

——気にするな。兼務しているんだから仕方がない。メールに、あるチラシの画像を添付してある。記載されているＱＲコードを読み込んだがリンク先のサイトがなくなっていたんだ。なくなったサイトを探し出して欲しい。捜査の手掛かりになるはずだ。

朝倉は抑揚のない声で言った。疲れているのだろう。

「サイトがなくなっているのなら、ＷＥＢサーバーからもデータが消えている可能性があります。だとしたら、探しようがありませんよ」

戸田はＣ棟に駆け込んだ。特捜局の本部に向かっている。

――それから、昨日言ったようにウインズ津軽の監視カメラ映像を調べてほしい。被害者のうち一人は目視で確認できたが、顔認証システムを使って他の被害者も捜してくれ。

朝倉は淡々と説明した。

「了解です」

通話を終えた戸田は、エレベーターに乗り込んだ。

6

午後三時二十分。

戸田は特捜局本部のセキュリティロックを解除し、ドアを開けた。

ニュースになることはないが、防衛省のサーバーは中露北朝鮮から絶えずサイバー攻撃を受けている。サイバー作戦隊は、三交代の二十四時間体制で攻撃に備えており、戸田は午前七時から午後三時まで勤務していたのだ。

戸田は、部屋の右奥にある一・五メートルほどの高さのパーテーションで仕切られた自分の作業エリアに入った。朝倉の執務エリアと反対側になる。以前は仕事部屋として専用の小部屋を与えられていたのだが、特捜局が七月一日付けで改編されてから引っ越した。仕事の主体はサイバー作戦隊となったことで特捜局の仕事は隙間時間にこなすことになった。

制服のジャケットをパーテーションに掛け、椅子に腰を下ろした。

戸田は自分のノートＰＣの電源を入れ、モバイルＷｉ－Ｆｉルーターに接続した。自分の機器を使うのは、これから行う作業が違法行為になるからだ。

昼休みに特捜局から支給されているパソコンでＱＲコードを調べた。ＱＲコードで表示されたＵＲＬでは、「A custom errorhandler for 403 responses」、日本語に意訳すれば「４０３ 応答用のカスタムエラーを起こしたので、処理した」と表示されるのだ。

４０３エラーとは、ユーザーが検索またはＵＲＬを入力した要求にサーバー側が、アクセスを禁じているという状態である。治験の勧誘を締め切ったためにアクセス制限されているのだろう。

朝倉はスマートフォンでＱＲコードを読み込んでエラーになったので、単純に「サイトがなくなっていた」と勘違いしたようだ。もし、ＵＲＬ先にページが存在しないのなら「404 Not Found」と表示される。４０４エラーの場合は、確かにお手上げだろう。

アクセス制限されたサーバーを調べるのなら、ハッキングするほかない。そのため、防衛省のサーバーを使わず、個人のパソコンとネットワークを使うのだ。

戸田は首を回しながら両手を組んで指の関節を鳴らすと、キーボードを叩いた。瞬く間にプログラムテキストがディスプレーを覆い尽くす。

戸田はハッキングする際に足跡を残さないようにオニオンネットワーク（オニオンルーティング）を使う。匿名通信技術のことで目的のサーバーに世界中のランダムなリレーサーバーを経由して接続する。接続のたびに暗号化されるためにハッキング元を辿《たど》ることは困難になるのだ。

「さてと、お宝を拝見しましょうか」

戸田は目的のWEBサーバーに侵入すると、チラシのQRコードで示されたURLのデータが格納されているホルダーを覗いた。このホルダーにもセキュリティブロックがされている。

「インデックスファイルが、三つもあるな」

戸田は三つのファイルをダウンロードした。インデックスファイルとは、ホームページ先頭のページのソースコード（HTML）のことである。チラシのQRコードのURLの末尾に記されたインデックスファイルのソースコードは〝index_j.html〟だが、他に〝_〟の後に、「v」と「s」の二つのソースコードがあったのだ。

サーバーの管理者は、二重にセキュリティブロックされているため、データを消さなかったようだ。消去するのはたいした手間でもないのに面倒というよりも、ハッキングされるとは想像もしていなかったのだろう。あるいは、すぐに再開するからかもしれない。

「これは……」

戸田は三つのファイルを一度に開いて小さく頷いた。index_j.htmlは日本語、index_v.htmlはベトナム語、index_s.htmlは韓国語と、三つの言語で治験の案内が記されていたのだ。

それぞれのファイルをＰＤＦにし、朝倉へメールに添付して送った。

「むっ」

戸田はキーボードを叩き、ハッキングを中止した。ネットワークを逆探知されていることに気付いたのだ。相手に気付かれたらしく、ＷＥＢサーバーからファイルが消滅した。完全に逆探知されることはないが、念のため作業を中止したのだ。

五分後、デスクに載せてあるスマートフォンが呼び出し音を上げた。画面に朝倉の名前が表示されている。

「はい。戸田です」

――ご苦労さん。朝倉です。さっそく作業してくれてありがとう。

「いえ、とんでもありません。ただ、相手に気付かれて、サーバーからデータが消失しました。逆探知されましたが、もちろん私の正体は知られていません」

戸田は事実だけを報告した。

――おまえのことだ。ぬかりはないだろう。こっちでも貰った情報は調べる。引き続きそっちでも調べてくれ。

「もちろんです。捜査のサポートは引き続きしますが、時間外でないと作業ができないのが、残念です」

戸田は悔しさに思わず右拳を握った。警視庁時代から朝倉のサポートをしてきた自負がある。彼の真実をどこまでも追求する姿勢を尊敬していた。サイバーテロ対策も重要な業務なのでおろそかにできないが、できれば特捜局専属で仕事がしたいのだ。

——忙しいのにすまないな。

朝倉は多くを語らないが、誰よりも現状に不満を抱いているはずだ。だが、それを口に出すことはない。

「はい。お任せください」

戸田は通話が切れたスマートフォンを握り締め、頭を下げた。

フェーズ6：魔の治験

1

七月六日午後六時二十五分。青森駐屯地司令部棟。

朝倉を乗せたマークXを先頭に二台のランドクルーザーが司令部棟の駐車場に停まった。

特捜局の捜査員は青森警察署の捜査本部で捜査会議を終えてホテルには帰らずに、司令本部に引き上げてきたのだ。

三台の車は司令本部脇の駐車場に停められ、朝倉をはじめとした捜査員たちも粛々と特捜局が捜査本部としている会議室に入って行く。

会議室の長テーブルには弁当が置かれていた。事前に会議室を使うと知らせておいたので、駐屯地の警務隊が気を利かせて用意してくれたようだ。彼らは民間人に対して捜査権はないため、あくまでもサポートに徹している。そもそも警務隊は殺人事件の捜査をしないのだ。

二人の警務官が現れ、捜査員らにペットボトルのお茶を配ってくれた。入場ゲートから警務隊に連絡されたのだろう。全員に配り終えると、彼らは朝倉に敬礼して出て行った。弁当は見た目も品がいい松花堂弁当で、駐屯地内にある民間のレストランに注文したらしい。朝倉にとってはおやつ感覚の量である。

「せっかくだから、先に弁当を頂くか」

警務官らに敬礼を返した朝倉は席に座り、手を合わせた。

誰しも暗い表情で黙々と弁当を食べ始める。警課が廃止されて初めての捜査であり、被害者に自衛官が含まれていることも彼らにはプレッシャーとなっているのだろう。

五分ほどで弁当を平らげた朝倉は、ペットボトルのお茶で喉を潤した。

「うん?」

周囲を見回した朝倉は頭を掻いた。朝倉が食べ終わったので、遅れまいと一生懸命食べているのだ。中には半分も食べていない者もいる。食事の速度で朝倉より早い捜査官はいないのだ。中村は隣席の北井を見ては、顔を真っ赤にして口を動かしている。北井も中村を見ては箸を動かしているので、競っているようだ。

「ゆっくり食べろ。十分待ってやる」

苦笑した朝倉は腕時計を見て言った。

「いえ。気遣いは無用です」

中村は頬張った口からご飯粒を飛ばしながら箸を置いた。

「その通りです」

北井も弁当を平らげ慌てて箸を置く。他の捜査員が中村と北井を見て笑っている。

「分かった、分かった」

朝倉は両手を上下に振った。

五分後、全員が食べ終わり、空の弁当箱も片付けられた。

「今日、警察署での捜査会議を終えても解散しなかったのには理由がある。新たな証拠を得たのだ。これから説明することは、一切メモは取らないでくれ」

朝倉は中村を指差して立ち上がり、ホワイトボードの脇に立った。

中村は頷くと、部屋の片隅に置いてあるスーツケースから小型のプロジェクターを出した。

「警察と共有できない情報を手に入れたんですか」

国松は顎の無精髭を触った。

「分かった。違法に入手したんですね」

プロジェクターの準備をしていた中村が声を上げた。

「馬鹿野郎。それを口にできないから俺たちだけで会議をするんだろう」

朝倉は中村を睨みつけた。

「……はい。準備できましたよ」

中村はホワイトボードに映り込むプロジェクターの画像を調整すると、不服そうな顔をしてそそくさと席に戻った。

朝倉はスマートフォンとプロジェクターをリンクさせた。

「これを見てくれ」

戸田が送ってきた三つのPDFをプロジェクターでホワイトボードに映し出した。

「治験の被験者募集要項ですか」

国松が日本語版を見て言った。治験の被験者募集要項と書かれて、名前や生年月日、職業、現住所、電話番号、血液型、既往歴などを書き込む用紙になっている、下段に「治験に協力していただける方に三十万円の謝礼をお支払いします」と書かれている。

また、「詳細は募集要項を送っていただいた方に個別にお知らせします」と記されており、〝株式会社ヒューマンテクノロジーアーツ〟と文末に社名が記載されているが、会社の住所も電話番号も表記されていない。

「左が日本語版、真ん中はベトナム語版、右は韓国語版で内容は同じだ。株式会社ヒューマンテクノロジーアーツは、米国の実業家クレイブ・ロバーツが社長を務める、カリフォルニアに実在するベンチャーの製薬企業だ。だが、チラシの件を本社に問い合わせてみたら、知らないと言われてしまったよ」

朝倉は分かる範囲で調べていた。

「治験で三十万っていいお金になりますね」

中村が首を捻りながら尋ねた。

「医療関係の知人に尋ねたら、一般的に二泊三日の宿泊タイプで、謝礼は六万から八万、一週間なら謝礼金は、十七万から二十五万。また、一ヶ月以上なら、謝礼金は五十万から六十万、宿泊タイプは交通費も支給だそうだ。募集要項に治験の期間は記載されていないから、一週間なら割りがいいが、一ヶ月なら安すぎるということになるだろう」

朝倉はホワイトボードの映像を指差した。

「ヒューマンテクノロジーアーツが否定したら、捜査はどうするんですか？」

北井が珍しく質問した。

「ヒューマンテクノロジーアーツの件は、ＮＣＩＳを介してＦＢＩに通報した。彼らが独自に捜査してくれるだろう。我々はＪＲＡ・ウインズ津軽で聞き込みだ。明日は開催日で、聞き込みのチャンスだ」

朝倉は自分のスマートフォンを出し、捜査員のスマートフォンに、用意していたメールを一斉送信した。

「これはウインズ津軽の警備員が持っていたチラシの画像ですね」

中村は大きく頷いた。

「この画像を見せて、聞き込みをする」

朝倉は頷いた。

「聞き込みを県警に怪しまれませんか？」

国松は訝しげに自分のスマートフォンを見つめながら言った。

「大人数での聞き込みは一般客に怪しまれるから、県警の捜査員を休ませてくれと言って納得してもらった。それに県警は開催日の聞き込み協力を嫌がっていた。ウインズ津軽にとっては、業務妨害になるからだろう」

朝倉に抜かりはない。捜査会議の前に明日の聞き込みの仕込みはしていたのだ。

「なるほど。それでは、ヒューマンテクノロジーアーツは、米国の会社なので我々はノータッチですか？」

北井は首を傾げながら何か考え込んでいる。

「どうした？」

朝倉も首を傾げた。

「何ヶ月か前の経済新聞にヒューマンテクノロジーアーツと代理店契約した日本の製薬会社の記事があった気がするんです。経済新聞は購読していますので」

北井はスマートフォンで調べているようだ。

朝倉は捜査員らを見回したが、誰しも肩を竦める。他に経済新聞を購読している捜査員はいないらしい。

「ありました。今年の二月に青森市に本社がある株式会社ブルーフォレストファーマが、ヒューマンテクノロジーアーツ社と代理店契約をしました。契約内容はヒューマンテクノロジーアーツ社が開発した製薬の独占販売です」

北井はスマートフォンの情報を読み上げた。

「ブルーフォレストファーマは私と中村が月曜に直接尋ねる。とりあえず、明日の聞き込みに全力を注ごう」

朝倉はプロジェクターの電源を消した。

2

七月八日午前八時五十六分。青森市。

朝倉はＪＲ青森駅近くにある八階建ての雑居ビルのエレベーターに乗った。

「今日はウインズ津軽も休みです。捜査も休みにしてもよかったんじゃないですか」

中村が欠伸を嚙み殺して言った。朝倉と中村以外の捜査員は、昨日の聞き込みで得た情報を元に捜査している。

ＪＲＡ・ウインズ津軽での聞き込みは、営業開始から終了まで朝倉も含む十人の特捜局の捜査員が行っている。その結果、五人の男女が治験に応募したことが分かった。今日は改めてその五人に事情を聞いているのだ。

「釣りでもするつもりか？　休んだ日のホテルと食事代は自腹だぞ」

いつもの伊達眼鏡を掛けた朝倉も欠伸を我慢した。中村にうつされたのだ。

「滅相もない。休むなんて冗談ですよ」

中村は大袈裟に首を横に振った。

二人は四階で降りた。このフロアーに株式会社ブルーフォレストファーマと地元の大手不動産会社である株式会社青森企画開発が入っている。正面にある青森企画開発のオフィスの前を抜け、廊下の奥にあるドアの前で立ち止まった。金属製のプレートに英語でブルーフォレストファーマ・コーポレーションリミテッドと記されている。プレートは立派だが、同じフロアの不動産会社の方がよほど見てくれがいい。

朝倉は腕時計を見て午前九時ちょうどになったことを確認すると、ドア横のインターホンの呼び出しボタンを押した。

――はい、株式会社ブルーフォレストファーマです。

若い女性の声である。

「特別強行捜査局の朝倉と申します。お取次願います」

昨夜、インターネットでブルーフォレストファーマのホームページを見つけ、訪問するとメールで知らせてある。

――少々お待ちくださいませ。

二分ほど待っているとドアロックの外れる音がし、二十代半ばと思《おぼ》しき女性が顔を見せた。インターホンに応答した女性だろう。

「お待たせしました。どうぞ、こちらに」

女性はドアを開けて招き入れ、ソファーを勧めた。

四十平米ほどの部屋にソファーセットがあり、その後ろはパーテーションで仕切られている。女性はパーテーションの向こうに消えた。奥は事務スペースらしいが、さほど広くないはずだ。

「……失礼します」

室内を見回した朝倉は首を傾げながら座った。製薬会社の本社というには、あまりにも規模が小さいのだ。

「社長は電話対応中なので五分ほどお待ちください」

パーテーションの向こうから女性はトレーに紙コップを載せて現れた。

「はい。待ちます」

中村はにやけ顔で答えた。若い美人に弱いのだ。

「失礼ですが、あなたは青森企画開発の社員ですか？」

朝倉は唐突に尋ねた。ドアが開閉する音が聞こえたのだが、場所的に隣りの不動産会社側である。

「あっ、その、私は兼務しています」

女性は一瞬手を止めてテーブルにコーヒーを入れた紙コップを置いた。ブルーフォレストファーマのホームページの会社概要には、資本金だけで提携先など記されていなかった。女性従業員が仕事を兼務しているのなら、青森企画開発とブルーフォレストファーマは資本提携があるに違いないと思ったのだ。

「失礼します」

女性は慌ててパーテーションの陰に消えた。

「どうもお待たせしました」

入れ替わって、恰幅《かっぷく》のいい男性が現れた。言葉とは裏腹に男は鼻先で笑っているような顔つきである。特別強行捜査局と言っても、ただの警察官だと思っているのだろう。

「特別強行捜査局の副局長の朝倉と申します。ちなみに警視でもあります」

朝倉は立ち上がると名刺を差し出し、社交的な笑顔も添える。あえて階級を言ったのは、この手の人間は社会的な身分に敏感なタイプが多い。

「捜査課の中村です」

中村もぎこちなく名刺を渡した。

「株式会社ブルーフォレストファーマ社長の大沼賢治《おおぬまけんじ》です」

大沼も自分の名刺を出し、頰を引き攣らせている。警視という肩書《かたがき》の効果だろう。

「すみませんが、青森企画開発の名刺も頂けますか？」

朝倉は、眼鏡を外した。

「えっ！」

大沼は朝倉の顔を見て声を上げた。オッドアイをまともに見て驚いたようだ。

「青森企画開発でも役職があるんでしょう？　それとも知られちゃまずいんですか？」

朝倉は眉を吊り上げ、顔を近づけた。得意の鬼の形相である。

「べっ、別に隠しているわけではありません」

大沼は声を裏返し、ポケットから別の名刺を出した。

「青森企画開発の取締役専務ですね。座ってください」

朝倉は名刺を手にすると、大沼に座るように右手を上下に振って促した。

「はい！」

大沼は腰を落とすように座った。

「ヒューマンテクノロジーアーツのことをお聞きしてもいいですか？」

朝倉はあえて曖昧に尋ねた。

「ブルーフォレストファーマは、ヒューマンテクノロジーアーツと代理店契約をしています」

大沼は落ち着かない様子で答えた。

「分かりきったことは聞いていませんよ。ヒューマンテクノロジーアーツの開発した製薬の独占販売と経済新聞に書いてありました。それだけじゃ、ありませんよね。法的に問題がないなら、契約書を見せてもらえますか？　それとも裁判所の令状が必要ですか？」

朝倉は足を組んで尋ねた。

「いえ、少々お待ちください」

大沼はいきなり立ち上がると、走り去った。

「怖がらせ過ぎですよ」

中村が耳元で囁いた。

「何が怖がらせ過ぎだ。やましいことがあるから慌てているんだろう」

朝倉はふんと鼻息を漏らした。

3

午前九時四十五分。青森警察署。

朝倉は榊原とともに三階の小部屋に入った。

どこの警察署にもある市民との面会や相談を受ける際に使う部屋である。尋問室と違って壁に指名手配の写真や交通安全のポスターなどが貼ってあり、雑然としていることが多い。

「お呼びたてして、すみません」

朝倉は先に席に着いている大沼に声を掛け、テーブルを挟んで彼の対面に座った。

彼が到着するまで、榊原と会議室で打ち合わせをしていた。日曜日にＪＲＡ・ウインズ津軽での聞き込みで五人の男女が治験に応募したことが分かり、特捜局で捜査を継続していることを報告していたのだ。だが、彼らはいずれもヒューマンテクノロジーアーツの都合で治験ができなかったらしいので、たいした情報は得られないかもしれない。

聞き込み捜査の過程でヒューマンテクノロジーアーツが治験者を募集していたことと、被害者の一人である石田は治験に協力していた可能性があることも伝えている。

ＪＲＡ・ウインズ津軽で聞き込みをしたことで、戸田から情報を得たことを話す必要がなくなった。

捜査を少しでも進めれば、違法に手に入れた情報を明かす必要がなくなることを期待していたのだ。

ブルーフォレストファーマに行った際に、大沼からヒューマンテクノロジーアーツとの契約書を見せてもらっている。コピーも取れたが、それでは県警を出し抜く形になるため大沼を警察署に呼び出したのだ。

週の始まりだが捜査会議は午前十時からと、決めていた。時間を遅らせたのは、ブルーフォレストファーマに寄って情報を得るためだったのだ。

「あっ、どうも、朝倉警視」

椅子に座っている大沼が、頭を下げた。

「コピーをお持ちいただけましたか？」

朝倉は伊達眼鏡のズレを直して尋ねた。

「はい」

大沼は手提げのバッグから透明ファイルに入れられた書類を出した。ヒューマンテクノロジーアーツ社との契約書である。

「ご協力ありがとうございます」

朝倉は深々と頭を下げ、透明ファイルを受け取った。自発的に証拠が提出されたことを榊原の前で見せる必要もあったのだ。民間に関わる捜査は常に公判を意識しなければならないからである。朝倉はファイルから契約書を抜き取り、榊原に渡した。

「契約書には、ヒューマンテクノロジーアーツ社の開発した医薬品の、日本での独占的販売権について書かれています。ヒューマンテクノロジーアーツのホームページを確認したところ、同社はｍＲＮＡワクチンでも最新と言われるレプリコンワクチンを開発するベンチャー企業ですよね」

朝倉は笑顔も交えて言った。

「ええ、そうです。レプリコンワクチンは次世代のワクチンと言われています。我が社もそこに目を付けたんです。というか、私が米国の経済誌から見つけ出し、投資先を探していた青森企画開発の藤《ふじ》岡《おか》社長に進言したのです。ワクチン開発では億単位のドルが動きます。投資先としても堅実でローリスクハイリターンなんですよ」

大沼は得意げに話した。社長の藤岡武志《たけし》は、大沼の従兄弟《いとこ》らしい。部長は藤岡の弟で、重役クラスを血縁関係で占めている同族会社だそうだ。創業者は林業で財を成した大地主だと榊原から教えてもらった。

「なるほど、それで不動産会社が米国のベンチャーに投資したんですね」

朝倉は相槌《あいづち》を打った。

「レプリコンワクチンは他の企業も開発をしている、期待の星なんですよ」

大沼は夢中で話し続けた。自分で投資先を見つけて会社を起こしたので有頂天なのだろう。

「レプリコンワクチンというのは、新型コロナのワクチンなんですか？」

新型コロナも今やただの風邪だと言われているが、未だにワクチンの開発は加熱している。大沼が言うようにワクチン開発は巨大なビジネスだからだろう。

「それでは他社と競合してしまいます。ヒューマンテクノロジーアーツは、感染症のワクチン開発をしていると聞いています。そこが気に入りました。詳しい研究内容は、製品化前なので我々も知りません」

大沼はトーンダウンさせた。これ以上突っ込んでも情報は得られそうにないだろう。

「ワクチンの治験の募集をしていたんですよね？」

朝倉は治験の募集要項のプリントアウトを見せた。

「それに関しては……」

大沼は頭を掻いてみせた。

「ここにはヒューマンテクノロジーアーツと書いてありますが、貴社も関係しているんでしょう？」

朝倉は笑顔を絶やさずに尋ねた。

「はあ。……実は、そのチラシは知っていますが、我が社は関わっていません」

大沼は戸惑った様子で答えた。

「我が社に医療関係のノウハウは一切ありません。そのため、資金だけ出して治験はヒューマンテクノロジーアーツに任せています。我が社は製薬会社として登記していますが、役割は厚生労働省に新薬の製造販売承認の申請を行うことと、承認された新薬の独占販売をすることです」

大沼は朝倉と榊原を交互に見て肩を竦めた。

「つまり、貴社は名義貸しをしていたんですね」

朝倉は首を横に振って言った。

「まあ、そういうことになりますね」

大沼は落ち着きなく同意した。

「ヒューマンテクノロジーアーツの日本の責任者の名前と所在を教えてください」

朝倉は紙とペンを大沼の前に置いた。

「責任者はブレッド・オーティスで、ヒューマンテクノロジーアーツの副社長です。ロスの本社に勤務しています。私が契約でロスに行った際に名刺交換しています。彼は日本だけでなく、他の国とも取引していますが、日本に来たことはないそうです。注目されている会社なので忙しくて海外に行けないのが現状のようです」

紙とペンを見て苦笑した大沼はスマートフォンの名刺アプリで、ブレッド・オーティスの名刺を見せた。名刺をスキャンすることで、画像を保存し、同時に社名や名前、住所などを取り込んで自動的にデータ化するアプリである。デジタルデータで共有するつもりなのだろう。紙とペンは古臭いと鼻先で笑ったようだ。

「治験の募集をしたり、それを直接指示したりする人物は他にいますよね」

朝倉は笑顔を消した。

「それは……」

大沼は俯いて言葉を濁した。

「答えられないんですか？　それとも令状が必要ですか？」

朝倉は眼鏡を外して顔を近付けた。

「……ヒューマンテクノロジーアーツにイベント会社を紹介しました。治験はイベント会社社長の知り合いの診療所で行われたと聞いていています」

仰《の》け反《ぞ》った大沼は小声で答えた。他人事のように話しているのは、責任逃れなのだろう。

「なるほど、ビラ配りやホームページはイベント会社が取りまとめ、治験はおそらく町医者にさせたんでしょう。イベント会社の情報を教えてください」

朝倉は大沼のスマートフォンを人差し指の先で叩いた。

「……分かりました」

大沼は大きな溜息を吐いて名刺アプリを操作し、別の名刺を表示させた。株式会社アップリンク、肩書は社長で大沼昭雄《あきお》と記されている。口にするのを躊躇《ためら》ったのは、親類縁者の会社だからなのだろう。

「ほお。そういうことか」

朝倉はふんと鼻息を漏らし、大沼を睨んだ。

4

午後二時十分。

中央古川通り沿いにある三階建てのビルの一階に、株式会社アップリンクの地味な看板が掲げられている。ビルの一階の右側にガラスドアがあり、その脇に二階までの外階段があった。階段の入口に二つの郵便ポストがあり、一つは株式会社アップリンク、もう一つは大沼と記されている。二階と三階は社長の個人宅なのだろう。

ブルーフォレストファーマの社長である大沼賢治から治験の募集に関してすべてアップリンクに委託されているはずだと聞いている。

朝倉と中村はガラスドアを開けて中に入り、木製カウンターの前に立った。

「いらっしゃいませ」

デスクでノートPCに向かっていた赤い縁の眼鏡を掛けた女性が、立ち上がって会釈した。

「さきほどお電話した、朝倉と申します。社長にお取り継ぎください」

「あちらで、お待ちください」

女性は内線電話の受話器を取りながら右手を斜めに出して窓側のテーブルを差した。四人掛けのテーブルが二つある。打ち合わせテーブルのようだ。

「この会社も社員が少ないですね。ちゃんと機能しているんですかね」

中村が口元を手で隠して言った。

「イベント会社だから、アルバイトで賄っているんだろう。いつでも仕事があるわけじゃないからな。JRA・ウインズ津軽で治験に応募した男女も、ビラ配りをしていたのは、学生のような若い男だと証言している」

朝倉は浮かない顔で答えた。国松から治験に応募した男女から新たな証言は得られなかったと報告を受けていた。また、戸田からウインズ津軽の監視カメラに複数の人物がチラシを手にしている映像が残されており、その中に佐竹慎二、里村勝也、藤野早苗の姿もあったという情報が入っていた。

出入口のガラスドアが開き、中年のスーツ姿の男が入ってきた。

「いらっしゃいませ。大沼です」

大沼昭雄はポケットから名刺入れを出した。表情が硬く、薄《うっす》らと額に汗をかいている。かなり緊張しているらしい。

「特別強行捜査局の朝倉です」

朝倉は立ち上がり、大沼昭雄の目を鋭い眼光で見据えて名刺交換をした。言い訳を考えられないようにさらに緊張させようと思っている。

「……どのような御用ですか？」

大沼昭雄は上目遣いで尋ねた。朝倉の顔を見て怯《おび》えているらしい。

「単刀直入にお聞きします。ヒューマンテクノロジーアーツの治験の募集ビラ配りをしていたはずです。応募者リストをお持ちですよね。見せていただけますか？」

朝倉は眉間に皺を寄せて尋ねた。すかさず、中村が書類鞄からチラシのコピーを出してテーブルに載せた。

「確かにビラ配りは担当しましたが、それだけです。このチラシのＱＲコードのホームページ作成や管理はヒューマンテクノロジーアーツがしていたので当社では分かりかねます。先方から千枚のチラシが送られてきて、全部配って欲しいとメールで注文されました。当社はイベント会社で、医療機関ではありません。ビラ配り以外はノータッチですよ」

「ビラ配りを場外馬券場で行ったのは、困窮している人を対象にするためだったんでしょう?」

「治験はリスクを伴います。経験上リスクを顧みない人種が集まるのは、場外馬券場やパチンコ屋みたいな場所でしょう。募集方法が非人道的と非難される覚えはありません」

大沼昭雄は朝倉の質問に澱みなく答える。嘘《うそ》ではないらしい。

「ビラ配りはすでに締め切ったのですか?」

「それに関しては、ヒューマンテクノロジーアーツから、二週間ほど前に治験は中止するからビラを配らないようにと言われています」

ビラをチラリと見た大沼昭雄は、肩を竦めた。大沼賢治とは従兄弟で、体型や顔つきもどことなく似ているが、仕草も似ている。

大沼賢治は医療機関として届出をしているにも拘《かか》わらず、ブルーフォレストファーマの位置付けは代理店業務で製品前の治験に関しての責任は持たないと主張していた。もっともらしいことを言っているが、責任を取りたくないからだろう。そのため、アップリンクが紹介した医療機関の名前すら知らないという。

「大沼賢治さんから、治験を実施する医療機関をヒューマンテクノロジーアーツに紹介したと聞いていますが」

朝倉は呆《あき》れながらも尋ねた。

「JR新青森駅近くにある園田《そのだ》健康クリニックに依頼しました。二年前にできたクリニックで、健康診断する時間を決めて毎日受け付けているため医療機器も揃っています。院長の園田春雄《はるお》さんは米国企業の仕事ができると喜んでいました。彼の父親は私の高校の先輩で、この近所で開業しています」

大沼昭雄は朝倉の顔色を窺いながら答えた。

「それでは、ヒューマンテクノロジーアーツからのメールの記録を提出願います。それから私が会いに行くと、園田春雄さんに電話してもらえますか？」

朝倉は笑みを浮かべて言った。

「了解です」

大沼昭雄は大きく頷くと、スマートフォンで電話を掛けた。

「おかしいな。通じないですね。今日は月曜日だから休みじゃないし。園田健康クリニックは、午前中は健康診断で、診察は行っていません。午後二時から午後六時半までが通常の診察時間になっているんですよ」

首を傾げた大沼昭雄は、電話を掛け直している。

「分かりました。直接行ってみます。住所を教えてください」

朝倉は席から立ち上がった。

5

午後二時五十分。

朝倉を乗せたマークXは県道247号線沿いにある園田健康クリニックの駐車場に停まった。

「今回の事件捜査は、なんだか『わらしべ長者』みたいですね」

運転席の中村がドアを開けながら呟いた。

「何の話だ？」

朝倉は助手席から降りながら聞いた。

「拾った藁《わら》から始まり物々交換して、やがて大金持ちになる話ですよ。知らないんですか？」

中村はドアを閉めて、得意げに言った。証拠を見つけては、新たな証拠を見つけ出し、最後は犯人を見つけ出すとでも言いたいのだろう。捜査はいつだって証拠と証言を集める地道な作業である。今回に限ったことではない。

「だが、犯人を見つけても俺たちは金持ちにはならないだろう。くだらん」

朝倉は勢いよくドアを閉めた。

二人は駐車場から道路に面したクリニックの出入口に回り込み、ガラスの自動ドアの前で立ち止まった。

「ありゃ。ありえない」

中村が絶句した。

「変だな」

朝倉は首を傾げた。ガラスドアに臨時休診と貼り紙があるのだ。午後の診療は二時からとガラスドアに記されている。

「自宅はこの近くらしいですよ。そっちに行きますか？」

中村は投げやりに言った。念のために大沼昭雄に園田春雄の自宅の住所を聞いておいたのだ。

「いや、ちょっと待て」

朝倉がガラスドアの隙間に手を入れて動かすと、ドアは抵抗もなく開いた。ドアの隙間が一センチほど開いており、気になったのだ。

「ロックが掛かっていないんですか？」

中村は訝しげにドアを見た。

「ごめんください！」

朝倉はドアを開けて大声で叫んだ。だが、建物の中は静まり返っている。

「玄関のドアの施錠を忘れたんでしょう。それにしても、病院の匂いがしますよ」

中村は苦笑を浮かべ、鼻を摘《つま》んだ。クリニックだから消毒液の匂いがするのは当たり前だが、強烈に匂うのだ。

朝倉はポケットから特殊警棒を出し、勢いよく振って伸ばすとクリニックに足を踏み入れた。中村も特殊警棒を握り、後ろに続く。

特捜局は捜査中の捜査員にハンドガンの携帯を義務付けている。だが、県警に気を遣って今回は携帯しないことにした。通常刑事はハンドガンの携帯は許可されていないからだ。マークXとランドクルーザーに積んである鍵の掛かったコンテナに各自のハンドガンを収納してある。

「これは次亜塩素酸ナトリウムだな」

朝倉はハンカチを出し、左手で口を押さえ、無人の受付と待合室の前を通って廊下の奥に進む。

「臭すぎます。院内中に強力な消毒液を使ったんでしょうね」

中村もハンカチを出して口を覆った。

受付に院内の案内図が貼られている。左手に二つの診察室、右手は検査室で、奥はレントゲン室になっていた。

「誰もいないな」

朝倉は跪くと、特殊警棒の先端をレントゲン室の床に叩きつけて格納した。これを壁でやると、穴が開いてしまうからだ。

「土日で院内を消毒したのに、消毒液の匂いが消えないので臨時休診にしたんじゃないですか？　こんなに臭くては、働けませんよ」

中村は周囲を見回して換気扇のスイッチを見つけると、手を伸ばした。

「素手で触るな。ここを封鎖する。チームを招集し、鑑識作業をするんだ」

朝倉は特殊警棒を仕舞うと、立ち上がって言った。どこの部屋も次亜塩素酸ナトリウム系の消毒液の匂いがするのだが、床からは漂白剤の臭気がするのだ。

「出入口のドアの施錠を忘れただけかもしれないですよ。事件現場と判断するには早計だと思いますが」

中村は首と右手を同時に振った。

「高濃度の次亜塩素酸ナトリウム系の消毒液なら、ウイルスや細菌に対応できるはずだ。だが、このレントゲン室の床だけ漂白剤の匂いがする」

朝倉はレントゲン室を出た。消毒液だけでなく漂白剤の匂いも加わり、さすがに気分が悪くなってきたのだ。

「それって、犯人が血痕を残さないように漂白剤を使ったということですか？」

中村が慌てて付いてきた。犯罪現場で床や壁に漂白剤を使って洗浄してある場合、血痕を拭き取って証拠隠滅を図ったと見て間違いない。

「それを調べるんだ。県警にも連絡しよう」

朝倉はスマートフォンで、国松に園田健康クリニックに急行すると同時に、北井のチームに園田の自宅を調べるように連絡した。その際、園田を見つけたら治験について事情聴取をするように命じた。不在の場合は、県警に園田の緊急手配を依頼するつもりである。どんな可能性も排除するつもりはない。

「ふう」

建物の外に出た朝倉は深呼吸した。

「徹底的な消毒ですね。……二年前にコロナ感染が深刻だったころに、保健所の職員が感染者の建物を封鎖して消毒していたのを思い出しましたよ」

中村は膝に手を当てて息を整えている。今にも吐きそうである。

「……たしかに、徹底的な消毒だな」

朝倉はゆっくりと頷いた。

6

午後八時五十分。

園田健康クリニックの敷地は、規制線で囲まれていた。

駐車場には二台のパトカーと特捜局のマークX、それに二台のランドクルーザーが停められている。

園田の自宅に向かわせた北井のチームも、呼び寄せていた。

北井からの報告によれば、園田は今朝《けさ》、普段通りの時間に家を出たと妻から聞いたそうだ。だが、何かに怯えているような雰囲気だったという。クリニックが臨時休診になっていると教えると、妻はかなり驚いていたらしい。また、同じく月曜勤務の看護師と二人の事務スタッフとも連絡が取れていない。

特捜局と県警の鑑識課が、共同で園田健康クリニックの建物内外、特に犯行現場の可能性があるレントゲン室を中心に鑑識作業を進めている。

朝倉と榊原はクリニックの出入口の近くに立っていた。鑑識作業が終了するのを待っているのだ。榊原から捜査課のトップがいると現場の動きが悪くなると言われたからである。

――こちら、国松。鑑識作業が終わったので撤収します。

「了解」

朝倉は国松の無線に答える。

建物から紺色の制服を着た県警の鑑識課の警察官が出てきた。

「何も得られなかったみたいですね」

榊原は禁煙パイプを右手に言った。建物中に消毒液がばら撒かれ、事件現場と思われるレントゲン室の床は漂白剤で拭かれていると聞いて最初から諦めているようだ。少なくともプロの仕業で犯人は簡単に尻尾《しっぽ》を掴ませないと思っているのだろう。

「どうでしょうか？」

朝倉はにやりとした。無線連絡をした国松の声に徒労感はなかった。彼のチームが何か見つけたという確信を持っているのだ。

「後藤《ごとう》主任。何か見つかったか？」

榊原は鑑識課の責任者に尋ねた。

「特捜局の鑑識の方が、血痕を見つけました」

後藤は疲れた表情で答えた。

「天井に付着していた微細な血痕を発見しました。さすがに犯人も気が付かなかったようです。レントゲン室ですので、患者の血液ではないでしょう。被害者は動脈を切断された可能性があります。床は隅々まで漂白液で拭かれていたので、大量の血痕を拭き取ったと思われます。しかし、他にこれといった証拠は見つけられませんでした。採取した血痕は指示通り県警の鑑識に渡しました」

国松は朝倉の前で立ち止まり、溜息混じりに報告した。現場から得られた物証はすべて県警に渡すように命じてあった。状況から行方不明の四人は、レントゲン室に集められて殺されたのだろう。

「ご苦労さん。今日は撤収しよう」

朝倉は国松の後ろに控えている捜査員らを労《ねぎら》った。

「四人の男女が行方不明になったようですね。一体どこまで被害者が増えるんでしょうか」

榊原は暗い声で呟いた。かなり動揺しているらしい。行方不明者も含めて十人以上の被害者が出ている。青森県でこれほど凶悪な事件は前例がないのだろう。彼の気苦労を察するに余りある。

「天井からの血痕のＤＮＡと比較するために医院に勤めている従業員の家族に協力してもらう必要がありますね。お手伝いしますよ」

朝倉は落ち着かせるために言葉を掛けた。

「四人はいったいどこに消えたんでしょうか？」

榊原は最悪の場合を考えるのを躊躇っているのだろう。

「行方不明者が死亡しているとは限りませんが。明日の捜査会議で改めて方針を出しましょう」

朝倉は頷きながら歩き始めた。園田と医院の従業員の捜査をするために、改めて捜査員を割り振りする必要がある。

「それにしても、犯人はどの事件でも証拠を残しませんね」

榊原は首を横に振った。

「徹底的に証拠を消しますからね。……うん？」

朝倉は自分の言葉に首を捻った。

「どうしたんですか？」

榊原は素気なく尋ねた。疲れているため適当に相槌を打ったようだ。

「すみませんが、今すぐ駐車場で臨時捜査会議をしてもよろしいですか？」

朝倉は興奮気味に言った。

「どういうことですか？」

榊原は肩を竦めた。

「これから説明します。集合！」

朝倉は駐車場で立ち止まって右手を上げ、捜査員を集めた。

「何事ですか？」

国松は捜査員らを整列させた。

「我々もですよね？」

榊原は自分を指差して尋ねた。

「もちろんです。犯人の目的が分かったのです」

朝倉は力強く答えた。

「目的！　是非聞かせてください」

榊原は鑑識課の職員を集めながら叫んだ。

「犯人は殺人を犯し、その証拠を消しているのだとこれまで考えていましたが、逆です。被害者こそが、犯人の消したい証拠そのものだったのです」

朝倉は笑みを浮かべて答えた。

「被害者が証拠って、どういうことですか？」

国松は北井と顔を見合わせた。

「すべてのはじまりはこのクリニックだったんですよ。ここにあったはずのカルテなど医療関係の書類が全て消えていたのですよね？」

朝倉は特捜局の捜査員と鑑識の職員に尋ねた。

「はい。二つの診察室のキャビネットは空で、書類の類は一切ありませんでした」

鑑識課の後藤が一歩前に出て答えた。

「被害者は治験を受けて深刻な副作用を発症したのかもしれません。新薬の開発そのものを中止せざるを得ないような結果だったんでしょう。新薬の開発を続けたい犯人が、不都合な症例である治験者と関係者を殺害し、クリニックから治験者のカルテを盗み出したと考えられませんか」

朝倉は推論を語った。

「そういえば、園田さんの奥さんは、ご主人がここのところ怯えた様子だったと言っていました。園田さんは犯人に口止めされていたんでしょうね」

北井は大きく頷いた。

「治験を行ったクリニックの四人が口封じに拉致されたと考えたいところですが」

榊原はあくまでも生存の可能性があると思っているようだ。

「これまでの犯人の行動を考えると、四人はすでに殺害された可能性が高いですね。しかも死因が分からないように処理しているはずです」

朝倉は腕組みをして答えた。ブルーフォレストファーマの社長である大沼賢治から新薬開発の投資は「ローリスクハイリターン」と聞かされた時から違和感を覚えていた。億単位のドルが動くとなれば、失敗すれば億単位で損失を出すということだろう。殺人の充分な動機となる。

「これまで、事故死を含め、被害者は火に焼かれています。犯人は死体を焼却することで新薬と治験の副作用を揉み消したんじゃないですか？」

これまで黙っていた中村がたまりかねたように言った。

「クリニックからは微細な血痕は見つかったが、死体を焼却した痕跡はない。どこか、死体を燃やしても見つかりにくい場所はありませんか？　考えられるのは、火葬場とかゴミの焼却炉ですね。ただ遺体は四つもあるので目立つはずです。だからと言って人里離れた山奥に運ぶのは労力を要するので逆に考え難いですね」

朝倉は榊原と鑑識課の職員を見て尋ねた。四人の死体となれば、労力だけでなくかなりの火力を必要とする。今日は火事の報告も聞いていないのだ。

「市内なら青森市斎場と浪岡《なみおか》斎園がありますよ」

後藤が手を上げて言った。

「棺桶《かんおけ》に入れられていたら、誰にも怪しまれずに焼却されるでしょう。書類さえあれば、職員は中を改めることもないはずです。部下に急行させます」

榊原がポンと手を叩くと、スマートフォンを手に取った。

「それから、今日火葬された遺体の書類も調べてください」

朝倉は榊原の耳元で呟いた。

「お任せを」

榊原は右手の親指を立てた。

フェーズ7：謎の捜査官

1

七月九日午後六時十分。青森警察署四階講堂。

「私からは以上です」

国松が報告を終えて椅子に腰を下ろした。

「それでは、後藤主任、報告をお願いします」

朝倉は県警鑑識課の後藤を指名した。青森県の科捜研からさきほど園田健康クリニックで発見された血痕の鑑定結果が送られてきたのだ。

「天井に付着していた血痕のＤＮＡ判定の結果が、科捜研からつい先ほど届きました。園田健康クリニックに勤務する看護師の町村《まちむら》恵理子《えりこ》さんのＤＮＡと九十九パーセント符合したそうです」

立ち上がった後藤は書類を手に報告した。

朝一番から園田健康クリニックに勤めていた四人の行方不明者の捜査が行われた。

特捜局と県警の捜査員を組ませて青森市だけでなく、県内に十六ヶ所ある、火葬場を併設している斎場全てで聞き込みを行った。また、昨日火葬された遺体の申請書類をすべて調べている。

その結果、市内のA斎場とB斎園に一体ずつ、五所川原市《ごしょがわら》にあるC葬斎苑に二体持ち込まれた遺体の申請書の身元が出鱈目《でたらめ》であることが分かった。朝倉の読みは当たっていたのだ。

「三ヶ所の斎場の監視カメラに遺体を持ち込んだ人物が映っていた」

朝倉がプロジェクターの電源を入れると、中村が講堂の電源を落とした。用意されたホワイトボードに六人の顔写真が映し出される。各斎場の監視映像に遺体を持ち込んだ人物が映っており、それを元に朝倉は県警の捜査員と手分けしてＪＲ青森駅と青森空港を調べていた。

「全員サングラスを掛け、身長は一八〇から一八五センチ。三つの斎場には二人組の男が確認されているが、違う顔ぶれで現れている。一日で死体を処理するために手分けしたのだろう。犯行グループは、偽の申請書で死体を処理した三組、六名のチームと考えてよさそうだ。彼らと似た人物が、二十時五十五分発羽田空港行きの日本航空便に乗ったことが確認できた。席は散らばっているので他人を装っているようだが、六人とも同じ便で移動したようだ。羽田には特捜局本部の留守番組のチームを向かわせている」

朝倉はホワイトボードの写真を指差しながら説明した。六人とも斎場の監視カメラの映像とは違う格好をしていたが、サングラスを掛けていたので却《かえ》ってそれが特徴となった。彼らは存在を知られるよりも顔認証を避けているのだろう。

朝倉は説明を終えると榊原に軽く会釈し、一歩下がった。

「今後の青森での捜査は県警が引き継ぎ、特捜局には六人の容疑者を追ってもらいます。今日までのご協力に感謝します」

榊原は朝倉に丁寧に頭を下げると、手を叩いた。すると会場にいる県警の捜査員から拍手が起こった。

「ありがとうございます。名残惜しいですが、私はこれにて失礼します」

朝倉は榊原と県警の捜査員に深々と頭を下げ、講堂を後にした。朝倉は北井のチームを残し、青森発羽田行きの最終便に乗るつもりだ。北井らは三台の捜査車両とともに明日の空自の輸送機で引き上げることになっている。

「犯人は我々の一日先を行っていますね」

国松が付いてきた。彼のチームは朝倉と先に帰り、六人の容疑者を追跡するのだ。

「追いついてやるさ」

朝倉は早足で歩きながらエレベーターに乗り込んだ。

「羽田空港に到着したら、そのまま捜査を進めるんですね」

国松は慌てて部下と共にエレベーターに乗って尋ねた。

「そのつもりだが、ちゃんとヘルプを頼んである」

朝倉はにやりとして答えた。

「捜査協力というと、警視庁にですか？」

国松は首を傾げた。

「六人の男たちは、被疑者と特定できていない。警視庁には頼めない。佐野さんと野口が助《すけ》っ人《と》だ」

朝倉はわざと小声で言った。

「えっ！　本当ですか！」

国松の声が裏返り、他の捜査員らも声を上げた。

「退職した野口は、ＳＮ探偵事務所という会社を立ち上げたんだ。佐野さんはその会社の顧問になっている。野口のアイデアだが、自由な立場で捜査できる仕組みを作るそうだ。二人はすでに羽田で特捜局の捜査員と合流し、捜査をしている」

朝倉は鼻から息を吐いて笑った。「ＳＮ」は佐野と野口のイニシャルからとっているそうだ。

「二人を局に呼び戻すんじゃなかったんですか？」

国松は首を横に振って聞いた。

「できればそうしたいと思っていたが、防衛省の返事を待っていたらいつになるか分からない。野口から構想を聞いて、それもいいアイデアだと思ったんだ。事業を安定化させたら、警課の元捜査員を社員に迎えるつもりだと言っていた。彼は、外部から私の懐刀《ふところがたな》になるのが目的だと言ってくれたよ。ありがたい話だ」

朝倉は笑いながら頷いてみせた。野口から退職する二日前にアイデアを聞かされている。実際に事務所にするために都内に賃貸物件の契約もしているそうだ。野口は密かに佐野に相談して計画を進めていたらしい。

「人が悪い。どうして黙っていたんですか？」

国松は不満げな顔で言った。暗に友達だろうとでも言いたいのだろう。

エレベーターのドアがタイミングよく開いた。

「私が知ったのも一週間ほど前だ。会社の登記が済むまでは秘密にしておいて欲しいと頼まれた。それに他の警課の捜査員に話が漏れれば、混乱させることになっただろう。下手《へた》に動けば、彼らは路頭に迷うことになった」

朝倉は国松の肩を叩くと、一階で降りた。

警察署の玄関としている出入口に面した裏路地に三台のパトカーと、タクシーが停まっている。タクシーの後部座席から中村が顔を見せて手を振った。

捜査会議に出席させず、朝倉も含めて先発して帰る捜査員の荷物をホテルから運び出すように命じていたのだ。定時、すぐ動けるように各自の荷物はバッグに入れてフロントに預けるように言ってあった。捜査員に毎日早朝にチェックアウトさせることで、捜査が長引かないようにする気構えを得るためである。

先頭のパトカーから制服警察官が降りてきた。

「交通課の橋本《はしもと》です。榊原課長から特捜局の皆様を空港までお送りするように命じられています」

橋本は朝倉に敬礼した。

「ありがとうございます」

朝倉は橋本に敬礼を返すと、振り返って警察署に向かって頭を下げた。

2

午後十時二十分。羽田国際空港。

青森からの最終便に乗ってきた朝倉は、国松ら五人の捜査員を従えて到着ロビーに出た。

全員大柄で髪は短く眼光が鋭い。バックパックを担いでダークスーツを着ていた。明らかに民間人とは違う風体に人々は恐れて道を開ける。

「副局長」

留守番をさせていた捜査員の大岩亮介《おおいわりょうすけ》が、右手を振ってみせた。身長一八〇センチ、体重は九十八キロと着ているスーツがはち切れそうである。

「ご苦労さん」

朝倉は笑顔で答えた。

「お帰りなさい。ご存じとは思いますが、捜査チームは成田空港に行っています。お出迎えに参りました」

大岩は朝倉と捜査員らに会釈した。佐野から朝倉らが移動中にメールで犯人を追って成田空港に向かうと連絡を受けている。

佐野と野口、それに留守番をしていた特捜局の四人の捜査員は、朝倉からの連絡を受けて羽田空港を捜索した。犯人と思われる六人の男の搭乗便は分かっており、青森から定刻通りの午後十時五分に着陸している。佐野らはターミナル1の警備会社で昨日の羽田空港の監視カメラの映像で男たちを追った。佐野は成田国際空港の警備会社に知人がおり、羽田空港の警備会社を紹介してもらったのだ。佐野は警視庁時代から刑事にとって財産ともいえる様々な方面のパイプや情報源を持っている。

佐野からのメールでは、青森空港で撮影された六人の男はサングラスを掛けていたため顔認証でない解析方法を使ったそうだ。成田国際空港の警備室の専門家が、彼らのサングラスの形態認証を使ったらしい。

青森発の便の到着時刻をもとにターミナル内の映像を調べたところ、二十三件のヒットがあった。さらに背格好で八人まで絞り込んでいる。そのうちの二人は京浜急行に乗って都心に向かったが、残りの六人は羽田空港内のホテルにチェックインしていた。

佐野はホテルから宿泊名簿を提示してもらい、六人が外国籍ということを突き止めている。彼らがプロの殺し屋とすれば、偽名という可能性もあった。現在、戸田に六人の身元を調べさせている。六人の男たちは羽田空港午前六時五十分発のリムジンバスで成田国際空港に向かったらしい。彼らは成田国際空港の第2ターミナルに午前八時に到着していた。

だが、リムジンバスから降りて空港ビルに入ってからの六人を未だに特定できていないそうだ。ターミナルビルに入ってから彼らは別行動をとって監視カメラの死角を利用し、サングラスを外して服装も変えたらしい。サングラスで惹きつけておいて、それを頼りにしていた捜査陣をまいたようだ。

彼らは追跡を予期して動いていた可能性が高い。

「お出迎え？　我々を成田空港まで連れて行ってくれるのか？」

首を傾げた国松が、朝倉を見て苦笑した。国松のチームだけならミニバンでも乗せられるだろうが、朝倉はでかいので二人分の座席が必要になるからだ。

「大丈夫です。空自のマイクロバスを借りてきました」

大岩は破顔した。小型人員輸送車と呼ばれるマイクロバスのことで、二十人以上乗り込める。彼は空自の警務隊から中央警務隊に転任し、特捜局に来ている。そのため、未だに空自に顔が利くようだ。

「ほお。案内してくれ」

朝倉は振り返って国松らを見ると、大岩に従った。国松は首を傾げている。タイミングよく、防衛省にマイクロバスがあったとは考えられないと思っているのだろう。

大岩は連絡通路を抜けてＰ２駐車場に渡り、エレベーターで屋上に出た。出入口近くの駐車スペースにブルーのボディーに白のラインが入ったマイクロバスが停まっている。

「本当だ！」

国松は両眼を見開いて言った。現物を見るまで信じられなかったのだろう。

「成田国際空港行きの特捜局号です。皆さん、ご乗車ください」

大岩は出入口のドアを開けると、嬉しそうに運転席に乗り込んだ。捜査に加われるので興奮しているのだろう。

一時間後、朝倉らを乗せたマイクロバスは、成田国際空港の第２ターミナル一階の車寄せに到着した。

「私は車を駐車場に停めてきます」

大岩はマイクロバスの乗降ドアを閉め走り去った。

朝倉らは本館二階に向かい、空港警備室の前で立ち止まった。出入口のドアは、セキュリティロックがあり、ドアの上には監視カメラがある。このエリアには関係者以外は立ち入り禁止になっており、スタッフ専用の通路にいた警備員にバッジを見せて入ったのだ。

出入口のドアが開き、野口が顔を出した。

「お疲れさん」

朝倉は口角を上げた。さすがに疲れを覚えるが、捜査員の手前顔に出すわけにはいかない。

「セキュリティの関係上、朝倉さんだけ入室できます。他のみなさんにはすみませんが」

野口はすまなそうな顔で国松ら捜査員を見た。

「我々にはお構いなく。二十四時間営業のレストランで待機しています」

国松が笑顔で言った。全員夕食はまだ食べていない。第2ターミナルには二十四時間営業の牛丼店とコンビニがある。

「いや、一旦、解散する。自宅に帰ってくれ。羽田で解散するべきだった。すまない」

朝倉は捜査員らに頭を下げた。犯人を追跡するのに夢中で捜査チームを従えてきたが、晩飯どころか無休で働いてきたのだ。根性や気力だけで犯人を逮捕することはできない。刑事時代に佐野から言われたことだ。

「我々は、大丈夫ですよ」

国松は部下を見回して答えた。

「現段階では、聞き込みしても仕方がない。マンパワーはいらないだろう。この中には妻帯者もいる。家族のことも考えないとな」

朝倉は頷きながら聞いている野口を見て言った。

「その通りです。現在は私と佐野さんと、特捜局の三人の捜査員で警備室のパソコンを借りて昨日の監視カメラの映像を確認しています。設備の問題で、五名が限界なのです。我々も三十分前から警備室に入ったばかりで、連絡するのが遅れました。すみません」

野口は頭を掻きながら謝った。

「解散」

朝倉は改めて言って国松らを帰した。

「私は残りますよ」

中村は戻ってきて言った。

「いいから、帰れ」

朝倉は中村の両肩を摑んでひっくり返し、背中を押した。

「レストランで待機しています。夜中に帰っても仕方ありませんから」

中村は満面の笑みで国松らを追いかけていく。よほど飯にありつけるのが嬉しいのだろう。

「ご案内します」

野口はドアのセキュリティを首から下げているカードで解除して開けた。

八十平米ほどの部屋の奥の壁に空港ビル内外の監視映像を映し出した無数のモニターが隙間なく並んでいる。制服を着た複数の職員が監視映像を見つめていた。彼らは監視映像で異常を見つけると、現場近くにいる警備員に無線で連絡するのだ。

右手にパソコンが置かれたデスクがいくつも並んでおり、佐野や特捜局の捜査員が座っている。佐野の警視庁時代の知人である警備会社の重役が、特捜局に協力しているのだ。

「映像の確認って、年寄りにはきついよ」

佐野は朝倉に気が付き、立ち上がって腰を叩いた。

「サングラス以外に背格好だけで被疑者を探しているんですか？」

朝倉は佐野が見ていたモニターを見て首を傾げた。佐野ならば長年培った刑事としての洞察力で何千人もの群衆から被疑者を探すことも可能かもしれない。

「この警備会社には素人《しろうと》でも扱える監視映像の解析ソフトがあるんだ。まあ、見ていてくれ」

佐野は椅子に座ると、映像のプレイボタンをクリックした。

「画面の中央に映っている男をペン型マウスでタッチする」

佐野は話しながら慣れた手つきでペン型マウスで男の顔をタッチした。すると、男の身長が一八〇センチだと表示され、数秒後に国籍と名前が表示される。

「パスポートの入出国検査で得られた情報を元に顔認証が行われるんだ。ここだけの秘密だが、すごいだろう。だが、羽田空港内のホテルで得られた六人のパスポート情報を元に昨日の監視カメラの映像を検索したが、ヒットはしなかった。連中は成田空港に来たが、すぐにどこかに移動したのかもしれない」

佐野が首を振って渋い表情になった。

「でも、作業を続けていますよね。諦めていないんでしょう？」

朝倉はモニターの映像を指差した。

「サングラスを外し、伊達眼鏡や髭で変装しているのかもしれない。そもそも、顔認証にヒットしないようにパスポートの写真を加工している可能性もある。その場合、探すことは不可能だ。だが、戸田くんがアドバイスをくれたんだ。外見は変わっても、歩行認証ができるそうだ」

佐野は選択した男性の映像を切り取った。

「なるほど、それがありましたね」

朝倉はポンと手を叩いた。歩行認証は、歩く時の姿勢や動作や歩幅などの特徴である〝歩容〟を使って個人を特定・認識する生体認証である。

「とりあえず身長一八〇センチ以上、一九〇センチ以下の男性の画像を抜き取って戸田くんに送っているんだ。戸田くんが、歩行認証でホシを見つけてくれる」

佐野は得意げに言った。

3

七月十日、午前八時二十分。市ヶ谷防衛省Ｃ棟、特別強行捜査局。

朝倉の前に十人の捜査員が座っている。

「少し早いですが、はじめましょうか」

朝倉は腕時計で時間を確認し、壁際の椅子に座っている柳沼を見た。

「そうですね。はじめてください」

柳沼は小さく頷いた。北井のチームはまだ戻っていないが、捜査会議を開くのだ。この場に佐野と野口も呼んだが、辞めたばかりだから遠慮すると断られた。

「県警の捜査で新たな情報が浮かび上がった。捜査情報が届いているので報告する」

朝倉のパソコンに県警の榊原から昨夜メールが届いていた。

青森西バイパスの事故現場で採取された融けたガラスとビニール片を科捜研が解析した結果、ガソリンの成分が発見されたそうだ。同じ物が事故車のトランクからも発見された。採取された場所から、車が炎上したのは、地面に衝突する前だと断定された。バイパスのフェンスを突き破った衝撃でトランクに仕込まれたビニール袋に入れられたガソリンが爆発したのだ。ただし、起爆剤となった可能性がある過酸化水素やエタノールは発見できなかったそうだ。また、グローブボックスから治験のチラシの燃えかすが見つかったらしい。

だが青森市内の宿泊施設に聞き込みをしたが、六人の被疑者を確認できなかった。県警の捜査は行き詰まったということだ。

「次に昨日の成田空港の警備会社の協力で分かったことだが、歩行認証で青森空港から来た三人が特定できた。ただし、三人は羽田空港のホテルで使ったパスポートとは違う物を使って出国している」

朝倉の説明に捜査員からどよめきが起こった。犯人特定は喜ぶべきだが、出国したのでは取り逃がしたことになるからだろう。

「出国？　どこへ行ったのですか？」

国松が尋ねた。

「ベトナムだ。三人は七月九日九時三十分のベトジェットエアハノイ行きに乗り込んでいる」

「副局長。捜査は継続ですか？」

中村が険しい表情で質問した。亡くなった自衛官の死体を見ているだけに捜査に執念を燃やしているのだろう。この男の内なる闘志は長年一緒に行動しているだけに手に取るように分かる。

「犯人との差はまだ一日ある。これ以上差を空けるつもりはない。ですよね」

朝倉は柳沼を見て言った。

「その通りです。副局長、それに国松課長、中村主任は、英会話が堪能と聞いています。羽田から本日一六三五《ひとろくさんご》発のベトナム航空でハノイに向かってください」

柳沼はテキパキと指示を出した。海外捜査のメンバーに国松と中村が選ばれることが多いので、柳沼はあえて英会話ができると言ったのだろう。特捜局の捜査員なら了解していることなので不満を漏らすものはいないが、柳沼は気を遣ったようだ。

「了解です」

朝倉は柳沼に軽く頭を下げた。

「副局長。ちょっといいかな」

柳沼は立ち上がると、局長室のドアを開けた。

「はい」

朝倉は頷くと局長室に入った。

「忙しいのに時間を取ってすみません」

柳沼はドアを閉めると、自分の椅子に座った。

「海外捜査なので、人員を削減しますか？」

朝倉は頭を掻きながら言った。メンバーを選んだのは朝倉である。予算のことを考えるのなら朝倉一人で行くようにするべきだった。

「予算は気にしないでください。自衛官が二人も亡くなっているんです。防衛省が予算で文句を言うはずがありません。捜査方法はあなたに任せますが、現地に闇雲に行ってもどうしようもない。何か策があるのですか？」

柳沼は苦笑を浮かべて言った。詳細は伝えていなかったのだ。

「ベトナム大使館に勤務している防衛駐在官である牧田真司《まきたしんじ》一佐に協力を要請するつもりです。一佐を通じて現地の捜査機関に協力を得られるでしょう。すみません。後で報告するつもりでした。命令系統を無視するつもりはありませんでした」

前任者の後藤田には、事件を解決してから詳細を話すようにしていた。彼は朝倉を信頼しており、実質的な特捜局のトップは朝倉だと認識していたからだ。また、後藤田に詳細を教えなかったのは、捜査上のトラブルの責任を朝倉が負うつもりだったからである。

「前任者のやり方と違うかもしれませんが、私は正式な手順を踏みたい。現場に出ることはないが、すべてを把握し、責任者としての立場をまっとうしたいのです。報告を受けることで、あなたを守ることもできますからね。私はあなたのような優秀な捜査官が、捜査から阻害されるような不祥事は二度と起こさせるつもりはありません」

柳沼は力強く言った。後藤田は朝倉に責任転嫁をせずにすべての責めを負って辞職した。だが、朝倉も海自の海外任務に同行するように命じられ、実質的な責任を負わされたことを言っているのだろう。柳沼は、事情を知っているからこそ手順に従うように求めているようだ。

「はっ、はい」

朝倉は改めて柳沼の責任感の強さを知り、戸惑いすら覚えた。

「それから牧田一佐は、陸上幕僚監部での勤務が半年ほど重なっていました。親しいというほどではありませんが、お互いよく知っています。彼はとても優秀な男です。私の方から根回しをしておくから心配しないでください」

柳沼は微笑《ほほえ》むと、スマートフォンを出した。牧田に電話を掛けるのだろう。

「ありがとうございます」

朝倉は両の拳を握り締めた。

4

午後五時十分。

朝倉と国松、それに中村の三人は、羽田十六時三十五分発ハノイ行きベトナム航空機に乗っていた。

機体はエアバスＡ３２１で朝倉らが座っているエコノミークラスは、通路を挟んで三列シートである。ビジネスクラスにしたいところだが、経費では落ちないので航空機の移動は規格外の朝倉にとって苦痛だ。それでも輸送機の折り畳み椅子よりは、ましと諦めている。朝倉は少しでも空間を確保するため、通路側に座っていた。

中村は中央の席で離陸直後から眠っている。移動中に眠るのは体力を温存するためで、自衛官としてはいい習慣と言えよう。国松も読書をするつもりで本を出したらしいが、頁を開かないまま船を漕《こ》いでいた。連日の捜査で二人とも疲れているのだろう。

ハノイまでのフライトは六時間十分を予定されている。一眠りするのが正解だが、朝倉は事件が頭から離れず、目は冴《さ》えていた。もっとも特戦群出身の朝倉は、不特定多数の民間人が同居する公共交通機関で眠ることはない。無防備な姿を第三者に曝《さら》け出すことを禁じられていたからだが、その習慣は今も身についている。

それに気になることがあった。同じ便に乗り合わせた男に監視されている気がするのだ。白人男性で年齢は四十代前半、身長は一八五センチほどである。被疑者の一人かもしれないが、彼らが捜査側を監視するのは理屈に合わない。朝倉のオッドアイが珍しいため他人に好奇の目を向けられることは度々あるが、それとは違う感じがするのだ。

「トイレにでも行ってくるか」

朝倉は呟くと、シートベルトを外して立ち上がった。トイレはビジネスクラスエリアの機首側とエコノミークラスの機尾にある。

通路を機尾に向かって歩く。この便の乗機率は七十パーセントほどと見られ、機尾に近いシートはがらがらだ。

「ふん」

朝倉は鼻先で笑った。例の監視している男が鋭い視線を向けてきたのだ。こそこそと窺っている様子はない。男の席を通り過ぎると、背後で立ち上がった気配を感じた。振り返らずにトイレ前にある窓際の空席に朝倉は座った。

「初めまして、エディー・ベーカーです。故《ゆえ》あって所属組織は名乗れません」

さきほどの鋭い視線の男が隣りに座り、小声で名乗った。

「俺が誰だか分かっているんだな」

朝倉も声を潜めた。

「ミスター・朝倉。あなたのことは調べ上げました」

ベーカーは緊張した面持ちで答えた。

「何の用だ。そもそも飛行機に乗る前に接触すればよかっただろう」

朝倉は横目でベーカーを見て言った。

「あなたと話をするために空港内で接触するのを避けたのです。この便の乗客の身元は確認してあります。どこに目や耳があるか分かりませんから」

ベーカーは話しながらも周囲を窺っている。

「どうして、俺が初対面の男と話をしなければならない」

朝倉は首を横に振った。

「私は米国の捜査機関に属していますが、犯罪グループを追って日本に来ていました。だが、日本語がほとんどできないために捜査は難航していたのです」

ベーカーは朝倉の顔色を窺うように言葉を切った。

「犯罪グループ？」

朝倉はわざと首を捻ってみせた。隣りに座る男は、青森で一連の事件を起こした犯人グループを米国から追跡してきた可能性がある。だが、相手より先に情報を出すようなお人好しではない。

「私はこの数年米国各地で起きている医療ビジネスの犯罪の証拠を消す犯罪グループを追っていまし

た。その過程で私は同僚を失っている。しかも、亡くした同僚が不正捜査を行っていたとして強制的に終了させられたのです。犯罪グループを支援する者が、司法省や私の組織にもいる可能性があるようです。そのため、私は長期休暇をもらって極秘で捜査しています」

「極秘というか、個人的に捜査しているのか？」

「まあ、そういうことです。犯罪グループを我々は〝イレイザー〟と呼んでいます。日本に駐在している同僚から、青森で彼らが活動している可能性があると聞いて日本にやってきました。放火で証拠を消す手口がそっくりなのです。だが、不慣れな土地でどうにも捜査ができなかったのです。そのため、あなた方の捜査活動を見守っていました」

ベーカーは眉間に皺を寄せて話を続けた。米国各地で起きた事件の捜査をしていたというのなら、おそらく彼は連邦捜査局ＦＢＩの捜査官だ。放火による火事が頻発しているというだけでなく、新薬の治験が行われているという二つの要素で事件性を疑い、ヒューマンテクノロジーアーツ社に目をつけたのだろう。

「同僚の死は、イレイザーと関係しているのか？」

朝倉はベーカーの目を見て尋ねた。イレイザーとは消しゴムのことだ。証拠隠滅に特化した犯行からついた呼び名だろう。ＦＢＩの捜査を妨害するために捜査員を殺害した可能性もある。

「相棒だったんだ。彼女はイレイザーに嵌《は》められて、自殺したように見せかけて殺されたのだ。彼女が証拠を捏造し、捜査を攪乱《かくらん》したり、銃で自ら頭を撃って自殺したりするなんてありえない」

ベーカーは興奮気味に答えた。

「何が望みだ？」

「君たちの捜査に協力させてくれ」

「組織の名前を出さない奴と組むつもりはない。そもそも、おまえがイレイザーの一員だという可能性もあるからな」

朝倉はふんと鼻息を漏らした。

「……私はワシントンＤ.Ｃ.のＦＢＩに所属している特別捜査官だ。だが、問い合わせられると、私が私人捜査をしていたことがばれて失職してしまう。私を現地の情報屋として扱い、君の同僚には黙っていてくれないか」

ベーカーは躊躇いがちに懇願した。ワシントンＤ.Ｃ.というのは、本局のことである。

「ＮＣＩＳの幹部に友人がいる。彼に君の行動がばれないように身元を確認させる。それでいいのなら、協力しても構わない。真実を求めるのなら、リスクは覚悟するんだな」

身分を隠す理由は分かったが、作り話かもしれない。第三者の証明がなければ、協力するつもりはない。だが、彼の言っていることが本当なら、ベーカーは有力な情報を持っているはずだ。

「……いいだろう。私が望むのは犯人逮捕だ」

ベーカーは考え込んだ末に返事をした。

「お互い連絡先だけ交換しよう」

朝倉は個人用スマートフォンを出した。

5

午後九時。ハノイ・ノイバイ国際空港。

朝倉を乗せたベトナム航空機は、定刻通り着陸した。

「あれっ。もう着いたんですか？　腹ぺこですよ」

中村は到着の機内アナウンスを聞いて目覚めると、大きな欠伸をした。

「まだ離陸していないぞ」

国松がわざと本を拡げて見せた。

「ええっ！　ここは羽田か、なんちゃってね。知っていますよ。着陸したことぐらい」

中村は澄ました顔で首を回し、肩を叩いた。

「まったく。臭い芝居をして、なんだよ」

国松は首を大袈裟に振った。彼は着陸五分前に目を覚ましている。他人のことを言えた義理ではないのだが、これが二人のコミュニケーションなのだ。

ベトナム航空機はボーディングブリッジに接続され、機内のベルトサインが消えた。

「行くぞ」

朝倉は立ち上がり、荷物棚からバックパックを出した。

三人はボーディングブリッジを渡り、第２ターミナルの入国審査の列に並んだ。ベーカーは他の列に並んでいる。国松と中村には彼のことは話していない。入国審査を終えたら、ＮＣＩＳの副局長であるヘルマン・ハインズにベーカーの身元を確認するため電話を掛けるつもりだ。ＮＣＩＳには何度も捜査協力をしており、ハインズとは個人的な付き合いもあった。

入国審査では他の便の降客と重なったため、かなり並んだが朝倉らは手荷物を預けていないので比較的早く出られた。朝倉ら三人はバックパックに衛星通信モバイルルーターや無線機、ＧＰＳ発信機、それに医療キットなど、捜査や緊急時に役立つ物は持ってきたが、手荷物検査で問題になるような武器は一切持ってこなかったのだ。

朝倉は入国審査を終えていつもの伊達眼鏡を掛けた。

「ちょっと電話を掛ける」

朝倉は国松らから離れると個人のスマートフォンを出し、ハインズに電話をした。ＮＣＩＳの本部はバージニア州のクワンティコにあり、現地時刻はサマータイムで午前十時十分ごろだ。

――あの件だな。俊暉。

ハインズが浮かぬ声で応答した。一昨日《おととい》、ヒューマンテクノロジーアーツが青森での事件に関与している可能性が高いと彼を通じてＦＢＩに報告していた。むろん米国で捜査を進めてもらうためである。

「それもあるが、どうだった？」

――ＦＢＩはヒューマンテクノロジーアーツをすでに捜査していたが、なぜか打ち切りになったそうだ。理由を聞いたが、教えてもらえなかった。役に立てなくてすまない。

ベーカーの話が本当なら、相棒の不祥事で捜査ができなくなった可能性がある。

「……そうか。それじゃ、別件で、頼みたいことがある。ＦＢＩにエディー・ベーカーという捜査官がいるはずだが、極秘で彼の顔写真や経歴を送って欲しい」

朝倉は声を潜めて言った。

――理由を聞いてもいいか？

「後で話すよ。ハノイに着いたばかりで、取り込んでいるんだ」

――分かった。結果はメールで送る。たまには米国に遊びに来いよ。

「今度な」

朝倉は通話を切った。スーツを着た日本人らしき男が近付き、電話が終わるのを待っているのだ。

「朝倉三佐ですか？　私は二等書記官今西《いまにし》翔吾《しょうご》です。お迎えに参りました」

今西は緊張した面持ちで両足を揃えて頭を下げた。彼が出迎えてくれることは、メールで知っていた。

「今西一尉。ご苦労様」

朝倉は笑顔で右手を差し出し、握手を求めた。今西は一等陸尉で、在外公館警備対策官であると同時に勤務上〝二等書記官〟という肩書を持っていた。

在外公館警備対策官は、在外公館の警備を担当する外交官で、自衛官以外に警察官、海上保安官、入国警備官、公安調査官が外務省に出向し、任命される。在外公館の警備は現地の警備会社に委託され、警備対策官は警備企画の立案と責任担当官となる一方で現地の情報収集も行う。

彼らは在外公館警備対策官という名称のほかに、二等書記官、二等理事官などの肩書を併せ持つ超エリートである。

「三佐とお会いできて光栄です」

今西は、恐縮した様子で握手に応じた。

「あっちの二人は特捜局の捜査官の国松と中村だ。空港で両替をしたいのだが」

朝倉は気さくに国松らを紹介した。国松らは慌てて今西に頭を下げた。今西が緊張しているようなので、堅苦しい挨拶は抜きにしたのだ。

「両替なら大使館でできますよ。しかも手数料なしで」

今西も二人に会釈し、笑みを浮かべて朝倉の前を歩く。

ノイバイ国際空港は、ハノイの都心部から約四十五キロ北に位置するベトナム北部最大の空港である。第２ターミナルビルは日本の政府開発援助によって大成建設が受注し、二〇一五年に完成した。天井が高い開放感があるガラス張りの美しいビルで、開業後の旅客処理能力が従来の年間六百万人から千六百万人に増加したそうだ。

朝倉らは、第２ターミナルビル前に停めてあった黒のレクサスＬＳ４６０Ｌに乗り込んだ。空港を出た車は雷を伴う雨の中、ハノイの中心部に向かう高速道路ＡＨ１４号線に乗った。

「晴れた日は、椰子《やし》の木が生い茂るジャングルを見渡せる気持ちのいい道路なんです。もっともこのところ毎日雨が降り、青空を忘れたようですが」

ハンドルを握る今西は残念そうに言った。

「最近ハノイで火災事故はあったか？」

朝倉は今西と話がしたいため、あえて助手席に乗った。後部座席に座った中村は早くも眠っている。

「火事は先週ありましたが、ボヤで死傷者はありませんでしたね。事件の捜査でいらしたとお聞きしております。私もお役に立てればいいんですが」

今西は張り切った様子で即答した。強張った表情は、興奮を表に出さないようにしていたからのようだ。朝倉の武勇伝は陸自の幹部には知れ渡っているので、どこかで耳に入れたのだろう。

「助っ人は大歓迎だ。だが、犯人は凶悪だ」

朝倉は沈んだ声で言った。

「何か心配事でも？」

「この国では武器の携帯ができない。だが、敵はプロの殺し屋だ。武器を持っている可能性がある。俺たちが銃弾を受けることはあっても、その逆はない」

朝倉は乾いた声で答えた。

6

午後十時二十分。ハノイ市バーディン区。

朝倉らはファン・ケ・ビン通り沿いにあるクゥワン・クゥワンというベトナム料理の店のテーブルを囲んでいる。この時間開いている店は少ないが、今西からフォーや手羽先の唐揚げが絶品だと聞き、ホテルのチェックイン前にレストラン前で降ろしてもらったのだ。

この店から五十メートルほどの〝ジュリア・アパートメント〟という長期滞在型のアパートメントホテルを予約してある。ホテルから日本大使館に二百五十メートルと徒歩圏内ということで選んだ。

店の向かいはファムホンタイ高等学校と、繁華街ではあるが治安がいいエリアらしい。

今西から食後にホテルまで送ると言われたが、待たせるのも悪いので大使館に帰した。牧田防衛駐在官とは明日、打ち合わせをすることになっている。

閉店時間は午後十一時らしいが、席の半分ほどは地元住民らしい客で埋まっていた。ベトナムでは魚醬《ぎょしょう》の一種である甘辛いヌクマムソースを使った手羽先揚げが人気らしい。この店では、塩ロースト、スピリットソース、ガーリックソース、レモンバターソース、味付けが不明なフライドウィング、塩卵ソース添えの六種類がメニューに載っている。

塩ロースト、スピリットソース、ガーリックソースの三種類と鶏肉のフォーをそれぞれ三人前頼んだ。それに朝倉はシルバータイガービール、国松と中村はハノイビールを注文している。気を緩めるつもりはないが、手羽先にソフトドリンクはさすがにありえない。

「ベトナムでは賄賂《わいろ》が横行していると聞きますが、警察は頼りになりますかね？」

国松が小声で尋ねた。明日の打ち合わせでは現地の警察官も参加すると聞いている。

「外務省の知り合いに聞いたら、ハノイの警察は頼りになると聞いた。もっともすべての警察官ではないだろうが、賄賂は普通のことらしい。逆にホーチミン市のように賄賂が利かない場所は、マフィアやギャングが幅を利かせているそうだ。しかもそれを抑える治安維持部隊が、もっとも危険だとも言われた。彼らはやたら武力行使し、賄賂を要求するらしい」

朝倉も小声で応じた。にわかに信じがたい話だがベトナム市民は、ギャングよりも警察を恐れると聞いている。ホーチミンの場合、賄賂が利かないのでなく、警察の力が弱いため市民が賄賂を渡さないというのが正解らしい。市民から賄賂を取ることが慣習化している警察官が正義を行使できるのかという疑問があった。朝倉も知人に現地の状況を聞いて不安を覚えている。

「法律で規制はないのですか？」

中村が驚いて尋ねた。

「ベトナムの公務員に対して贈答をする場合、贈答品の金額を二百万ドン未満とすることと定められている。民間企業はこの規制を守っているそうだが、金額を決めたことでざるになっているらしい。他にも賄賂を渡すタイミングも規制している。実際、規制を無視すれば、逮捕されるそうだ」

朝倉は苦笑を浮かべた。ベトナムでは賄賂が横行しているため、政府はグレーゾーンを設けているということなのだ。

「原因は、ベトナムの公務員の低給与と政府の徴税能力の低さなんだ。社会主義国家だっただけに、国民のほとんどは税金を払っていない。税金は大企業や金持ちが払うという意識があるらしい。国家は税収で成り立つという原則が、資本主義経済になった現在でも国民に浸透しておらず、少額の所得税はあるものの地方税はないそうだ」

国松が朝倉に代わって答えた。彼も短時間で勉強してきたようだ。

ベトナムは一九八六年に日本では〝刷新〟と訳されている〝ドイモイ〟に舵《かじ》を切り、社会主義経済から資本主義経済に移行している。それまで共産主義的集団農業で行われていた闇行為である〝もぐりの請負制〟が経済に大きな影響を与えるまでになり、合法化する必要があったからだ。

簡単に言えば、中国がそうであったように共産主義的経済は、非合理的ということを認めざるを得なかったのだ。

「なるほど。賄賂は低賃金の補完という米国のチップ制度みたいなものですね」

中村が大きく頷いた。

「お待たせしました」

ウェイターがビールと三種類のフライドチキンの皿をテーブルに載せた。どの皿も手羽先の唐揚げが八本ほど盛られており、メニューの写真通りのボリュームだ。

「いただきます」

朝倉が両手を合わせると中村と国松も手を合わせ、一斉にチキンに手を伸ばす。三人とも昼飯を防衛省の食堂で食べてから十時間ほど経っているので、ピラニアのごとく無言で貪り食った。

「お待たせ……」

数分後、パクチーが載せられたフォーを持ってきたウェイターが、絶句した。皿のチキンが骨を残して綺麗になくなっているのだ。

「あと何品か頼んでもいいですか？」

中村が朝倉と国松の顔を交互に見て言った。

「カエル料理がうまいらしいぞ」

朝倉は今西からカエル肉の唐揚げがうまいと聞いている。サバイバル訓練でカエルを食べたことがあるが、淡白な鶏肉のような味だった。少々泥臭かったが、腹が減っていて気にならなかった。

「いえ、結構です。フォーが締めですよね。分かっています」

なぜか中村は右手を左右に振ってみせた。朝倉が冗談を言ったと思ったようだ。

「時間も遅い。締めをフォーで済ませるのが丁度いいんだ」

国松はニヤリと笑って言った。

フォーのスープはあっさりとしているがコクがあり、パクチーがいいアクセントになっている。

「飲み明かした後で食べるラーメンよりも健康的ですね」

完食した中村が満足げに腹を叩いた。

「退散するか。二三〇〇《ふたさんまるまる》までにチェックインすると言ってある」

朝倉は腕時計を見て立ち上がった。午後十時五十一分になっている。

「うん？」

朝倉は右眉をぴくりと上げた。店の前の歩道に七人の男が煙草を吸ってたむろしている。年齢は二十代前半、タンクトップやＴシャツにジーパンや短パンと軽装で、露出している部分に刺青が入っていた。

「相手にするなよ」

朝倉は国松らに言うと、男たちの視線を無視して歩いた。

一人の男が朝倉の前に立ち塞がった。身長は朝倉と変わらない。若者たちの中で一番体格が良く、首から肩と腕にかけてドクロや蛇などの刺青がある。

朝倉は眼鏡を外し、背の高い男と視線を合わせた。

「なっ！」

男は朝倉のオッドアイをまともに見て一歩下がった。左目は視力こそ落ちたが、数知れない人々の底知れない悲しみと苦しみを溜め込んでいる。心に疾《やま》しさを覚えている人間ほど、恐れるらしい。警視庁時代、オッドアイを見た凶悪犯が地獄の底を見た気がしたと呟き震え上がった。

朝倉は呆然《ぼうぜん》としている背の高い男の脇をすり抜けて、若者たちから離れた。後ろから襲われないように国松と中村を先に歩かせた。

二十メートル先の路地に入る。数十メートル先の右手にジュリア・アパートメントがあるのだ。薄暗く、車一台がやっと通り抜けられる狭い路地である。

「ボス」

先を歩いていた中村が立ち止まった。ホテル近くの暗闇から大勢の男たちが現れたのだ。

振り返ってファン・ケ・ビン通りを見ると、先ほどの若者たちが路地に入ってきた。最初から挟み撃ちにするつもりだったらしい。

「先に手を出すなよ。国松、一部始終を映像で残せ。中村、後ろを頼む」

朝倉は国松を路地の脇に押しやり、バックパックを下ろした。

「了解」

中村もバックパックを足元に置いた。

「不本意ですが、了解です」

国松は不満げにスマートフォンを出した。彼も中村も自衛隊の格闘術である徒手格闘の腕前は、最高クラスである〝特級〟である。

朝倉がホテルに近付くと、十一人の男たちが周りを囲んだ。正面の男が角材を持っている。レストラン前にいた七人の男たちは中村を囲んだ。

「うっ！」

中村がいきなり殴られた。というかわざと殴られたのだろう。

「撮ったか？」

朝倉は国松に尋ねた。

「ばっちりです」

国松はスマートフォンで撮影しながら答えた。

背中に衝撃を受けた。

背後から角材で殴られたのだ。角材は真っ二つに折れた。

「今のも撮ったか？」

朝倉は表情も変えずに尋ねた。攻撃を想定し、吸った息を吐き出しながら筋肉を鎧《よろい》のように固めて衝撃に備えていたのだ。

「大丈夫です」

国松は明るい声で答えた。

「正当防衛、行使！」

朝倉は中村に命じた。

「了解！」

中村は殴りかかった男の右腕を捻って投げ飛ばした。男は肩を脱臼した上、地面に頭をぶつけて気絶した。

朝倉は中村を横目に、左右から殴り掛かってきた男たちの鳩尾《みぞおち》と顎を蹴り抜き、正面から掛かってきた男の喉元に掌底《しょうてい》を当てた。三人の男たちは、数メートル後方に飛ばされて気絶する。

残った男たちは顔を見合わせると、ポケットからナイフを取り出した。朝倉は足元に落ちている二つに折れた角材を拾った。先ほど殴られた時の物だ。五センチ角で、六十センチの長さがある。

「中村！」

朝倉は中村に角材を投げ渡した。彼を取り囲んでいる男たちもナイフを手にしている。簡単に倒せないと悟り、武器を出したようだ。

「ありがとうございます」

中村は角材を受け取り、さっそく襲ってきた男を叩きのめした。

三人の男が一斉に掛かってきた。正面から襲ってきた男のナイフを持った手を左腕でかち上げると同時に顔面にパンチを入れる。腕を勢いよく振ることで防御と同時にパンチの威力が増す高度なテクニックだ。鼻の骨が砕ける音がし、男はその場に崩れた。

間髪を容れずに左右から襲ってきた男たちの利き腕を両手で摑み、体を反転させて捻った。二人の男の腕を折り、地面に転がす。男たちはのたうち回って呻き声を上げる。

「死ね！」

二人の男が背後から襲ってきた。

朝倉は振り向きざまに右裏拳で男の側頭部を叩き、回転させた体重とスピードを乗せた回し蹴りを別の男の脇腹に入れる。男は路地の隅まで転がって失神した。

「まだやるのか？」

朝倉はナイフを持ったまま立ち尽くしている男たちに英語で尋ねた。一瞬にして九人の仲間が倒されて呆然としているのだ。喧嘩慣れしているようだが、束になっても元特戦群隊員の敵ではない。

振り返ると、中村も五人の男を倒したところだった。

「手を貸そうか？」

朝倉が中村に声を掛けると、残った男たちは慌てて逃げ去った。

「撮影終了。今西さんに連絡します」

国松がスマートフォンの撮影を終え、電話を掛け始めた。今西から警察に通報した方が、誤解されずに済むはずだ。

「なんとか切り抜けましたよ」

中村は肩を押さえながら言った。ナイフで切られたらしい。シャツに血が滲《にじ》んでいる。

「大丈夫か？」

朝倉は冷めた表情で尋ねた。死ぬほどの怪我ではなさそうだ。

「かすり傷ですよ。それよりも腹が減りました」

中村は苦笑して見せた。実戦経験が少ない割によく闘った。日頃の訓練の賜物《たまもの》である。

「よくやった」

朝倉は中村の肩を叩いて笑った。

フェーズ8：ハノイの闇

1

七月十一日、午前九時三十分。ハノイ市バーディン区、在ベトナム日本大使館。

朝倉と国松と中村の三人は大使館の二階にある小会議室に入り、一礼した。

テーブルを挟んで対面に防衛駐在官の牧田、彼の左手に今西、右手に人民警察のグエン・ホアン・リン中佐が座っており、朝倉らが入室すると立ち上がった。三人とも制服を着ている。

ベトナム人民警察には、公安、人民軍、最高人民検察院の三つの捜査機関があるが、捜査担当部署に捜査官として任命された者のみに捜査権がある。また、各捜査機関の捜査対象が重複することはない。

一般刑事事件を扱う公安警察は、縦の組織構造になっていた。中央レベルの公安省内に四つの捜査部局、省級レベルの省級公安部内に四つの捜査部、県級レベルの県級公安部内に三つの捜査隊があり、組織は上から局、部、隊となる。

グエンはハノイの捜査局に所属する司令の一人で、階級は中佐である。これまで防衛駐在官のベトナム側の担当官を務めていたそうだ。元空軍の大尉だったが、転属して階級を上げたらしい。

空軍といってもロシア製Ｓｕ－３０ＭＫ２Ｖ戦闘機が三十五機と防空能力に乏しく、対空ミサイル連隊も少ないが北部で国境を接する中国を威嚇《いかく》する最低限の兵力は整えたことになっているようだ。もっとも二〇一三年にロシアからＭＫ２Ｖを十二機購入したのを最後に、武器装備を更新した情報はないので、ＭＫ２Ｖのメンテナンスに既存機のパーツを使用する〝共食い〟をおこなっている可能性もある。グエンが空軍から転属したのは、自ら希望したのかもしれない。

昨日、朝倉らが襲撃された事件現場に牧田から連絡を受けたグエンが駆けつけ、捜査隊に所属する警察官を指揮してくれた。そのため、朝倉らとは初対面ではない。現場には十四人の男たちが倒れており、警察官らが身元を確認した上で病院に送り込んでいる。

現場で朝倉はグエンに襲撃された状況を撮影した映像を見せており、正当防衛であることを納得させた。

「初めまして特別強行捜査局の朝倉です。昨日はお世話になりました」

朝倉は正面の牧田と握手すると、グエンにも握手を求めた。会話はあらかじめ英語でするように言われている。

「まず、公安警察を代表し、お礼を申し上げます」

グエンは流暢《りゅうちょう》な英語で返すと、朝倉と力強く握手した。

「お役に立てて光栄です」

朝倉は笑みを浮かべて答えた。

「コーヒーをお持ちしますので、とりあえず座りましょうか」

牧田は穏やかに言った。

「昨日あなた方を襲った連中の中に、三人の指名手配犯がいました。彼らはハノイで頻発している窃盗団の一員でした。四人の男が逃走したそうですが、昨日いただいたビデオデータで、一味と断定し、指名手配しました。たまたま居合わせたあなた方を揶揄《からか》ったのかもしれませんね。揶揄う相手を間違えたのでしょう」

グエンは硬い表情で話した。昨日も表情がなかった。感情を見せない訓練を受けているのかもしれない。

「ホテルで待ち伏せしている連中もいました。状況から考えて、我々を狙ったのです」

朝倉は首を振って否定した。

「彼らは君たちが追っている事件と関係しているというのかね？」

牧田が険しい表情で尋ねた。

「私は可能性があると考えています。今回、我々が事件と判断した捜査経緯をご説明します」

朝倉は中村に頷いてみせると、書類ケースからファイルを出して三人に渡した。

「これが捜査中の事件ですか？」

ファイルを手にしたグエンが目を丸くしている。

「青森で起きた連続殺人事件の報告書です」

あらかじめ現地の捜査員にも見せるべく、英語版も用意してきたのだ。

朝倉は補足説明として、犯人と思われる六人のうち三人がベトナム入りしていることを話し、新たにベトナム語で記されたチラシのコピーも渡した。

「ベトナムでも同じような事件が起きる可能性があるということですか？」

グエンが眉を吊り上げた。

「一味が一昨日ハノイ入りしているので、可能性があります」

朝倉は小さく頷いた。

「米国のヒューマンテクノロジーアーツ社が関わっているようですが、米国では問題視されていないのですか？」

牧田が尋ねてきた。

「ＦＢＩが捜査をしていましたが、トラブルがあり中止になったようです。米国では新たな証拠が見つからない限り、捜査は進められないと関係者から聞いています」

昨夜、ハインズから連絡があり、エディー・ベーカーがＦＢＩ特別捜査官であると確認がとれた。相棒のジョディー・コリンズは二週間前に自殺していた。彼女はヒューマンテクノロジーアーツの副社長であるブレッド・オーティス宅に侵入し、会計資料などを盗み出した罪で告訴されていたらしい。

オーティスは、不法捜査をコリンズに命じたとしてＦＢＩも訴えた。そのため、司法省はＦＢＩに捜査の停止命令を出したのだ。

ベーカーの身元が確認できたので、彼に電話して今後はお互い情報交換をすることになった。相変わらず単独で行動しているようなので、気を付けるように注意を促した。敵は狡猾《こうかつ》かつ凶悪である。

「ベトナムで事件を未然に防ぎ、犯人を逮捕すること以外に犯罪を証明する術《すべ》はないのですね」

牧田は言った。

「それにしても、被害者に対する手口があまりにも凶悪ですね」

グエンは何度も首を横に振ってみせた。

「被害者そのものが証拠だからです。憶測の域を出ませんが、ヒューマンテクノロジーアーツのワクチン治験者に取り返しのつかない副作用が生じた可能性があります。そのため、治験者を殺害するだけでなく、死体を調べられることを防ぐために燃やしたのではないかと我々は考えています」

朝倉は実際の現場の状況を元に事件を説明した。

「ベトナムでの捜査は、どうするつもりですか？」

グエンが不安げな声で尋ねた。

「ベトナムの治験もすでに終わっているようです。まずは治験者を探すことからはじめたいと思います」

朝倉は捜査資料を手に言った。

「資料を見ると、青森では治験の募集を場外馬券場で行っていますね。どうして、ネットや新聞広告で大々的に募集しなかったんでしょう」

牧田は首を傾げた。

「米国でＦＢＩの捜査があったため、目立つことを避けた可能性があります。それに、治験のリスクが高かったためと思われます。賭博を常習する人々なら、金欲しさに危険を顧みない傾向がありますからね。治験の内容はワクチン接種だったようですが、説明されたら辞退したくなるような危険性があったのではないかと思われます」

「今時、ワクチンの治験といえば、新型コロナが連想されますが、副作用どころか致死率が高いワクチンということなら、コロナじゃないのかもしれませんね。もっとも、コロナワクチンによる致死率が公表されていないので、正確な数字は分かりませんが」

朝倉の説明に牧田は頷いた。

「ベトナムの捜査は行き詰まりますよ」

朝倉と牧田の会話に耳を傾けていたグエンは、険しい表情で言った。

「どういうことですか？」

今度は朝倉が首を傾げた。

「ベトナム国内での賭博行為は犯罪です。逮捕されれば、重い処罰を受けるのです。闇で開催されるカードゲームの賭博を我々は取り締まっていますが、そんなところで治験の募集をするとは思えませんね。そもそも、募集チラシを配るにも闇賭博場に侵入しなければなりませんからね」

グエンが苦笑を浮かべた。

「確かに、日本人観光客が繁華街で騙《だま》されてイカサマカード賭博場に連れて行かれるケースがあるそうですが、賭博場は警察の摘発を逃れるためにいつも場所が変わると聞きました。そこで治験の募集をするのは難しいでしょうね」

それまで黙って聞いていた今西が相槌を打った。現地の警察官から情報を得たのだろう。

「なるほど、日本とはだいぶ事情が違うようだな」

朝倉は腕組みをして天井を仰いだ。

2

午前十時四十分。ハノイ市ホアンキエム区。

朝倉は今西がハンドルを握る三菱のミニバン、エクスパンダーの助手席に座っていた。大使館の車で、ベトナムで人気の車種らしい。国松と中村は後部座席に、三列目シートに大使館付きの通訳のクワンが収まっている。

捜査方針を決めるため公安警察捜査局のグエンと協議した。ベトナム人が集まる場所ということでは、市場が一番ということになった。そこで、ハノイ最大のドンスアン市場と二番目の規模のホム市場で聞き込みすることになった。

グエンはハノイの捜査隊から二十人の警察官を呼び寄せ、二つのチームを作った。それぞれのチームに二つの市場で聞き込みをさせるためである。ベトナム語の治験の募集要項チラシを捜査員に共有し、手当たり次第に尋ねて回ることになるだろう。

朝倉は今西とクワンを伴い、旧市街にあるドンスアン市場に向かっている。現地で警察官のチームを指揮している捜査隊の隊長であるファム・スアム・ルアン大尉と会うのだ。

ハノイで有名な景勝地で、ジンニウ湖としても知られる西湖の南側を通るＰ・ファン・ディン・フン通りを東に向かっている。突き当たりのハンタン通りとハンダウ通りが交差するラウンドアバウトの交差点からハンコツ通りに入った。

ドンスアン市場の前の通りは一方通行のため、少々大回りをする。Ｕターンする形で市場の前の通りに出るのだ。

「台湾はバイク社会ですが、ベトナムもすごいですね」

中村は窓の外を見て呟いた。

ハノイは街中どこでも車よりもバイクの方が圧倒的に多い。今西の話では、ベトナムは二〇二四年現在で約五千万台のバイクが国内で走っているそうだ。バイク保有可能な人口で換算すれば、ほぼ国民一人一台の割合らしい。

また、ベトナムバイクメーカー協会に加盟しているメーカーは、ホンダベトナム、ヤマハモーターベトナム、ベトナムスズキ、三陽工業ベトナム（台湾）、ピアジオ・ベトナム（イタリア）の五社で日系が存在感を発揮しており、ホンダは市場の約七十九％、二位のヤマハと合わせて約九十八％を占めているそうだ。

エクスパンダーは一方通行の二車線の道路を進んでいるが、道路の両端に隙間なくバイクが停めてある。公共の交通機関が少ないために市民は車よりも手軽なバイクを足にするのだろう。

大きな体育館のような建物の出入口の前に、白地にブルーのラインが入ったパトカーが三台停まっている。

「着きました。私は少し離れた場所に車を停めてくるので、ここで降りてください」

今西はパトカーの前で車を停めて振り返った。ベトナムはバイク社会のため、車の駐車場は少ないのだ。

「了解」

朝倉は今西の肩を叩き、後方確認をしてドアを半開きにする。すぐ近くを山のような荷物を荷台に載せている自転車が通り過ぎた。ベトナムではよく見かける光景である。朝倉は、自転車をやり過ごして車から降りた。

けたたましい警笛。

スクーターに乗った女性が、警笛を鳴らしながら朝倉の脇を猛スピードですり抜ける。

「おっと！」

朝倉は慌ててドアを閉め、車のボディに張り付いた。スクーターが急に進路を変えて自転車を追い越し、朝倉を轢《ひ》きそうになったのだ。ベトナムのバイクは縦横無尽である。交通規則も気にしない一般市民が暴走族と化すのだ。

パトカーから制服姿の警察官が降りてきた。年齢は四十前後、他に警察官の姿はない。

「ミスター・朝倉？」

制服警察官が尋ねてきた。

「日本の特別強行捜査局の俊暉・朝倉です」

我に返った朝倉は車から離れ、ずり落ちた眼鏡を直した。

「はじめまして、ファム・スアム・ルアン大尉です」

ファムは硬い表情で答えた。朝倉が右手を差し出すと握手に応じたが、進んで右手を出したわけではなさそうだ。

「今日は、よろしくお願いします」

朝倉は握手をしながらファムの目を見つめた。その瞳は覇気がなく、気だるげだ。今回の捜査に乗り気ではないらしい。

「十名の部下を二人組にし、すでに聞き込みをさせています」

ファムは表情も変えずに言った。上官であるグエンもそうだが、表情が読みにくい。今西の話ではベトナム人は日本人に限らず、外国人には警戒心が強いため本心を表すことはないらしい。

「ありがとうございます。我々も捜査に加わります」

「勝手にどうぞ」

朝倉の言葉にファムは突き放すように言った。

「今のは、一体なんなんですかね。我々はあくまでも助ける側ですよね。彼は何か勘違いしていませんか」

中村が聞き咎めて日本語で囁いた。

「国内の捜査に外国の捜査機関が加わるのが気に入らないのだろう。俺たちは自分の捜査を進めるまでだ」

　朝倉は鼻息を漏らした。

3

　午前十一時五十五分。ハノイ市ドンスアン市場。

　建物の中央部はドーム型の天井まで吹き抜けになっており、三階まである回廊になっている巨大なデッキに何百という店舗がひしめいていた。

　一階は日用雑貨などの他に高級ブランドや香水のコピー商品、二階は布製品や服飾関係、三階は子供服がメインで、建物の外は食品関係である。市場は一般市民だけでなく、問屋としても機能しているので、買い付け業者の姿もある。

　朝倉と国松と中村、それに今西と通訳のクワンは三階を時計回りに歩き、各店舗の従業員に治験募集要項を見せて聞き込みをした。ファムの指揮する捜査隊は一階と二階に分かれて調べている。だが、従業員に反応がないため、今は客に対して聞き込みをしていた。

「ちょっといいですか？　このチラシ広告を見たことがありますか？」

　通訳のクワンが中年の女性買い物客に尋ねた。

「見たことないね。私は忙しいんだよ」

女性はチラシを横目で見て通り過ぎた。忙しいというより、関わりたくないのだろう。市民は面倒と関わればろくなことがないと思っているらしく、まともに話を聞こうとしない。

「他のチームも今のところ何の成果も出していないようですね」

暇を持て余している中村は吹き抜けに面している手摺《てすり》から下の階を見て言った。実際に聞き込みをしているのはクワンで、朝倉らは手持ち無沙汰なのだ。

下の階の捜査隊はすでに活動している様子はなく、ぶらぶらと陳列されている洋服や雑貨を見ている。

「この市場を訪れる客は、どちらかというと中間層という気がする。裕福ではないかもしれないが、金に窮しているという感じではないな」

朝倉も中村の横で手摺にもたれかかり、市場を見下ろして呟いた。一階の広場には噴水があり、多くの人が買い物を楽しんでいる。経済的に破綻しているような人間が来るような場所ではない。

「ここではチラシを配ってないのかもしれませんね」

中村は溜息混じりに言った。

「捜査なんて当たって砕けろだ。だが、この調子じゃ、出入口でアンケート用紙を渡した方が、よほどましだ。捜査は長引きそうだな」

国松も中村の隣りに並んだ。

「下の階に降りて、捜査隊と合流しよう」

朝倉は今西とクワンに手を振って合図した。

一階まで降りると、噴水脇にファムが立っている。

「まったく、当たりがありませんね。とりあえず、部下たちにダイニングエリアで昼飯を食べさせます。そちらはどうしますか？」

ファムはわざとらしく腕時計を見て言った。ダイニングエリアというのは、市場の食堂のことである。

「我々もそうしよう」

朝倉は頷くと、国松らを連れて市場の出入口に向かった。

市場の出入口は西側にあり、建物は東西に長い。出入口前の一方通行の道は南北に抜けており、市場の前だけ広い。

「ダイニングエリアは、捜査隊で満席になりますから、他の店に行きましょう」

クワンは市場の出入口を出ると、警笛を鳴らしながら通るバイクを縫うようにして市場の前の道を渡った。

通りの反対側は間口が二間（約三・六メートル）ほどの狭い店が並んでいる。雑貨店、洋品店、バイク部品店、宗教用具店など、市場の中と系統が同じものもあるが種類が違う店が多いようだ。

クワンは、グリーンの背もたれのないプラスチックの椅子と赤い大きめの椅子が並んでいる店に入った。よく見ると、客は緑の椅子に座って赤い椅子に料理を載せている。赤い方は椅子ではなく、テーブルのようだ。

「……」

朝倉は緑の椅子に腰を下ろして頭を掻いた。風呂場で使うような椅子は、座面も小さい。飛行機のエコノミークラスよりも二周り以上狭い上にクッションもないのだ。

「この店は、市場のダイニングエリアよりも安くて美味いですよ。ただ、椅子やテーブルは居心地が悪いですが」

クワンは窮屈そうに座る朝倉を見て苦笑した。

「何を頼んだらいいのか分からないから、適当に頼んでくれ」

朝倉は壁に掲げられているベトナム語のメニューを見て言った。

「分かりました」

クワンは笑顔で頷くと、店の従業員に注文した。

五分ほど待っていると、串焼きの肉が盛られた大皿と手羽先の唐揚げ料理の皿が運ばれてきた。飲み物は炭酸ソーダである。

「これはご馳走《ちそう》だ」

中村が手を叩いて喜んでいる。

「いただきます」

朝倉は手を合わせて串焼きの肉にかぶり付いた。少々癖があるが、日本の焼き鳥と遜色はない。たまたま鶏肉を取ったが、豚肉の串もある。

「美味い！」

国松と中村が同時に声を上げ、手羽先の唐揚げに舌鼓を打った。日本の手羽先よりも大きくて食べ応えがある。

「ほお」

朝倉はメニューを見て感心した。手羽先の大盛りの皿がたったの「60K」と記されている。メニューの「K」は通貨の単位ではない。「×1000」という意味で、「60K」なら「60000」ドンになる。

ベトナムではハイパーインフレで通貨の0の数が多すぎるため、メニューなどの記載に「K」を使っているのだ。「六万ドン」なら「約三百八十円（二〇二四年七月現在）」である。日本は円安で物価は欧米の先進国に比べて極めて安いが、ベトナムはさらにその上をいく。

朝倉は二本目の串焼きを食べながら他の客を見た。

そのうちの二人に見覚えがある。二階の子供服の店員らしく、三階に移動する途中で客に対応している姿を見かけたのだ。食事前に捜査隊員に聞き込みされている可能性はあるだろう。

「クワン。食事中にすまない」

朝倉はクワンを呼び寄せ耳打ちし、ポケットから十万ドンのベトナム紙幣を出して渡した。大使館でとりあえず五万円の両替をしてもらっている。

「分かりました」

クワンは頷くと、市場の従業員の傍らに立って話しかけた。食事をしていた従業員は、最初は首を振ってみせたがクワンが金を渡すと笑みを浮かべて話し始めた。

一分ほど、話を聞いたクワンは、朝倉の元に戻ってきた。

「ミスター朝倉の言った通りです。捜査隊の警察官はいつも賄賂を要求するため、何も話さなかったようですね。治験の募集要項のチラシは彼の知る限り、ドンスアン市場では配られなかったそうです」

クワンは得意げに話し始めた。

「やはりそうだったか」

朝倉は相槌を打った。

「ただし、ほかの市場で配られていたという噂を仲買人の友人から聞いたそうです」

クワンは声を潜めて続けた。

「本当か。やったな」

朝倉はクワンとハイタッチをした。

4

七月十二日、午前四時十分。

朝倉を乗せたエクスパンダーは、雨飛沫《しぶき》を上げるＰ・ファン・ディン・フン通りを走っている。昨日市場に向かったのと同じルートを進んでいた。

メンバーは朝倉と国松と中村、それに今西と通訳のクワンだが、全員Tシャツに綿パンと地元に溶け込む風体である。

ドンスアン市場での聞き込み捜査は、不発に終わっている。だが、昼飯を食べた食堂で市場の従業員から治験の募集要項のチラシは配られなかったという情報を得ていた。一緒に聞き込みしていた捜査隊の警察官には、誰も協力しなかったらしい。

さらに市場の従業員から、一週間ほど前に仲買人の友人からロンビエン市場でチラシが配られていたという情報も得ていた。

ロンビエン市場は、ドンスアン市場から三百メートルほど北東に位置する生鮮食品や食材の卸売市場である。午前二時頃から始まり午前七時頃には終わるらしい。市場は場外であるロンビエン橋の下にまで露店が広がると聞いている。

午前二時から午前四時まで市場は賑《にぎ》わっており、聞き込み捜査どころではないらしい。そのため、時間を遅らせたのだ。それに民間人であるクワンを付き合わせるのに深夜では厳しいということもある。

「これって、抜け駆けになりませんか？」

後部座席に国松と座っている中村は、右手で口を押さえて欠伸を我慢しながら尋ねた。捜査隊のファムには知らせずに、朝倉ら五人だけで捜査をするのだ。

「現地の警察は、この国での被害は出ていないから真剣に取り組むつもりはないようだ。やる気のない連中と組んでも成果は出せないだろう」

助手席の朝倉はバックミラーで中村を見て言った。

「犯人に繋がる新たな情報が得られたら、報告すればいいさ」

国松が相槌を打った。

「だが、犯人逮捕には、確かな証拠がなければならないだろうな」

朝倉は頭を掻きながら横に振った。この国での逮捕権はないので、現地警察に要請する他ないのだが、日本とベトナムは犯罪人引き渡し条約がないため逮捕しても日本では裁けない可能性もある。

日本は死刑制度があるため、他国と犯罪人引き渡し条約を締結することができない。日本は米国と韓国の二国間に留まっており、フランスの九十六ヶ国、英国の百十五ヶ国、お隣りの韓国の二十五ヶ国にさえ及ばない。そのため、海外で犯罪者を逮捕した場合、その都度政府間で調整しなければならないのだ。

「公安警察とは情報交換するために付き合いがありますので、彼らの行動規範をよく知っています。彼らは政府のプロパガンダに反しない限り、協力してくれるでしょう。彼らも我々の行動が政府の利になるのか分からないので、今のところ様子見をしているのだと思います」

ハンドルを握る今西は、在外公館警備対策官として大使館に赴任して一年になるらしい。公安警察との付き合いも苦労が多いようだ。

「だから、昨日の捜査もだらだらしていたんですかね」

中村が大きく頷いた。

今西はハンダウ通りの突き当たりを右折してＤ・イェン・フー通りに入った。近くのラウンドアバウトでＵターンし、ロンビエン橋の高架下を潜ってＤ・イェン・フー通りの反対車線に入る。車線は描いていないが、四車線分の幅があった。

「右手の壁の向こう側にロンビエン市場があります。壁にはハノイ遷都千年を記念したモザイクタイルの壁画が描かれているので観光スポットにもなっています。モザイク壁は六・五キロもあり、ギネスに登録されていますよ」

今西は旅行ガイドのように観光案内をしてくれた。

壁画が描かれた壁に沿って百三十メートル先で右折し、ロンビエン市場正面のアーチ型の看板がある出入口の前に出た。出入口の外にも、ライトを点灯させ様々な果物を入れたカゴを並べた露店がひしめいている。看板の下を、ひっきりなしに荷物を積んだバイクやトラックが出入りしていた。夜明け前というのに市場は活気に満ち溢れている。

「市場には車を入れられません。私は近くにあるホテルの駐車場に車を停めてきます。クワン、皆さんを案内してくれ」

今西は車から降りた朝倉らに会釈して立ち去った。

「まずは、この市場がどんなところか、見て回ろう。案内を頼むよ」

朝倉はクワンの肩を叩いた。インターネットの地図検索ソフトの衛星写真で市場の上空写真を確認している。市場はいくつもの路地が北東に向かって延びており、路地の両側に倉庫が並んでいた。

市場の中心は百平方メートルほどであるが、周囲にある倉庫や路地にも市場が広がっているので、実質的にはその二倍はあるだろう。広さから言えば、ドンスアン市場よりも広い。

「メインの通りは、市場のトラックやバイクが我が物顔で走るので気をつけてください。隣りの路地に移りましょう」

クワンは朝倉らをすぐ左にある路地に案内した。今西とは待ち合わせ場所を決めているそうだ。

「なんですかね。この臭い？」

中村がキョロキョロと周囲を見回した。

市場に入った途端、様々な食材の匂いが混じった異臭が鼻腔《びこう》を刺激する。果物や野菜、肉など、ひとつひとつは気にならない臭いなのだろうが、それが混じり合って強烈なのだ。

「大袈裟なやつだ」

朝倉は臭いよりも人々が忙しそうに働いている様子が気になった。観光客らしき買い物客の姿はない。一般人でも入れるそうだが、誰しも購入する食品をあらかじめ決めているのか、ぶらぶらと品定めしている様子はないのだ。また、値段交渉をしているのか、店主と大声で話をしているのも興味深い。これでは聞き込みは煩《うるさ》がられるだろう。

「忙しそうだが、まずはドリアンを売っている露店に聞いてみようか」

朝倉はクワンの耳元で言った。周囲が煩いので声を上げたのだ。ドリアン売り場の女性はハエを追っているのか、棒を振り回している。

クワンはドリアン売り場の女性に尋ねると、すぐに戻ってきた。

「チラシを配っているのを見たようです。彼女もチラシを見たそうですが、治験に四日間拘束されるので、市場の関係者はおそらく受けなかったはずだと女性は言っています」

クワンに聞き込み用の金を渡してあったが、必要なかったらしい。

「お待たせしました」

今西が息を弾ませて現れた。ホテルの駐車場から走ってきたようだ。

「この市場でチラシが配られていたらしい。聞き込みを続けよう」

朝倉は今西に報告がてらクワンに目配せをした。クワンも昨日の聞き込みでコツを覚えたらしく、要領がよくなっている。

「場所を変えましょう。この辺りの商人は受け取らなかったようですから」

クワンは、市場の奥へと進んでいく。

五十メートルほど移動すると、鶏肉店があった。ランニングシャツ姿の男が、鶏肉をその場で捌《さば》いて平台に並べている。今のところ並んでいる客はいない。

「あの店で、聞いてみよう」

朝倉は鶏肉店を指差した。

「暇そうですね。そうします」

クワンは急ぎ足で店主に聞き込みを始めた。今度は金を渡したらしい。相手の顔色を見て判断したようだ。

「彼は若いのに頼りになりますね」

朝倉は傍らの今西に言った。

「彼はベトナム国家大学をトップクラスで卒業した秀才です。しかし、国内では就職先がなくて、通訳をしているのです。両親は一般人なので、国内に有力なコネがないのですよ」

今西は小声で答えた。

「やはり、チラシのことは知っていましたが、治験の応募はしなかったそうです」

急いで戻ってきたクワンは、残念そうに報告した。

「もっと、奥に行ってみよう」

朝倉はクワンを促した。

「了解です。それなら、市場で働く出稼ぎ労働者の宿舎に行ってみませんか？」

クワンは歩きながら言った。

「出稼ぎ労働者の宿舎？」

「実は、この市場のことを知りたくて労働傷病兵社会福祉省の友人に聞いてきました。ロンビエン市場は、農村からの労働者を受け入れているそうです。出稼ぎ労働者にとってロンビエン市場は、〝都市労働の登竜門〟という位置付けらしいのです。とりあえず市場で働いてハノイ市の働き口を探すそうです。もっとも、経験を問わずに雇うということは、それだけ低賃金だと言えます。それに宿舎といってもネズミが徘徊《はいかい》する掘っ建て小屋で、狭い部屋に何人も雑魚寝《ざこね》をしているそうです」

クワンは暗い表情で言った。

「昔日本にもあった『タコ部屋』というやつだな。だが、市場が開いているのなら、住居に行っても誰もいないだろう」

朝倉は小さく頷いた。ベトナム経済は急成長を遂げているが、都市部と農村部の経済格差は開くばかりだと聞いたことがある。

「過労や病気で倒れて休んでいる労働者が宿舎に何人もいるそうです。彼らなら、時間を気にしないで聞き込みができるはずです。宿舎は市場の東の端からロンビエン橋の下に沿って建てられていると聞きました。ここから歩いて五十メートルほどです」

クワンは右拳を握りしめながら説明すると、市場の東南の角に向かった。表情には出さないが、農村部からの出稼ぎ労働者の生活環境が悪いことを怒っているようだ。

朝倉らは二十メートルほど歩き、市場の東の端に着いた。十メートルほど先で場外になり、ロンビエン橋の袂に出られるらしい。橋の下から暗い路地が東に向かっており、その先に宿舎と呼ばれている二階建てや三階建ての掘っ建て小屋が並んでいるそうだ。バラックをソンホン川の河川敷のジャングルに建てたらしい。

「むっ！」

朝倉は三十メートル先の暗闇を見て眉を吊り上げた。フルヘルメットを被った数人の影がこちらに向かって走ってくる。

「国松、中村、走れ！」

朝倉は二人の名前を叫ぶよりも早く走っていた。人影は四つ、背格好はいずれも一八〇センチ以上ある。

「了解！」

国松らもほぼ同時に走っている。

男たちは十数メートル先で突然消えた。左に市場の東側を通る道路があるのだ。

轟音。

宿舎が爆発し、巨大な炎に包まれた。

「国松は火災に対応！　中村、付いてこい！」

朝倉は二人に命じると、全速力で走った。

5

目の前の暗闇を四人の男たちが走る。

彼らは市場労働者の宿舎方面からやってきた。その直後に宿舎は爆発炎上している。朝倉が追っている犯人グループの一味と見て間違いないはずだ。

朝倉と中村は猛然と男たちに迫る。

最後尾の男が振り返り、いきなり銃撃してきた。

朝倉と中村はステップを変えて銃弾を避けた。振り返りながら撃てば、自《おの》ずと腕の可動範囲は狭まるので、銃口の方向が読みやすいのだ。

男たちは路地裏に停めてあったバイクに跨《また》がり、エンジンを掛けた。ベトナム市民に人気のスクーター型でないオンロード型のバイクである。

朝倉は銃撃してきた男にタックルし、バイクごと倒した。

他の男たちがエンジンを掛けながら朝倉に向かって銃撃する。

咄嗟に朝倉はタックルした男を盾にして転がった。

「うっ！」

盾にした男が呻き声を上げる。男は背中に何発か喰らったようだ。

「ゴー、ゴー！」

一人の男が号令を掛けると、男たちはバイクであっという間に走り去った。

朝倉は急いで起き上がり、残されたバイクを起こして跨がった。バイクはホンダＣＢ１２５Ｒである。

「中村、この男を頼むぞ」

朝倉はスロットルを開き、バイクを走らせる。

「気をつけて！」

中村の叫び声がこだまのように響いて聞こえた。

三台のバイクは露店が並んでいる市場の外周道路に沿って走る。市場の労働者や客が逃げ惑い、彼らの怒声をバイクの警笛が掻き消す。

朝倉は三台のバイクの二十メートル後方を、前方のバイクが跳ね飛ばしたゴミや商品を縫うように走る。

三台のバイクは市場を抜け、モザイク画の壁の内側にあるＤ・ホンハ通りに右折して西に向かう。

朝倉はバイクを追ってＤ・ホンハ通りの五百メートルほど先の交差点からＤ・イェン・フー通りに出て西に向かって走った。

三台のバイクは信号機のある交差点の赤信号を無視して直進した。朝倉も彼らに続き、交差点を通過する。

ベトナムは日本に比べて信号機が少ない。右側通行で交差点はラウンドアバウトが多く、信号機がある交差点でも赤信号は基本的に右折可能だ。しかも警笛は危険回避だけではなく、近付く際の合図としても使われるので、街中で警笛が止むことはない。

「むっ！」

朝倉は咄嗟にハンドルを右に切った。黒のセダンがいきなり幅寄せしてきたのだ。ベトナムは運転が荒っぽく、特にスクータータイプのドライバーは信号無視や逆走は日常茶飯だ。

黒のセダンが並走し、今度はぶつけてきた。最初から朝倉を狙っていたらしい。市場を出た三人の逃走を助けているようだ。

朝倉は右に避けると同時にブレーキを掛け、後ろに下がった。黒のセダンがジグザグ運転を始める。三台のバイクを追跡させまいとしているのだ。すでに彼らのバイクは視界から消えていた。セダンの妨害で距離を離された。

朝倉はロールさせるセダンとは逆にハンドルを切り、一気にスロットルを開く。セダンを抜く瞬間、朝倉は身を低く屈めると同時にハンドルから右手を離し、セダンの車体の下にタッチした。

セダンが左に寄ってきた。咄嗟にハンドルを握り直し、ハンドルを左に切ったが、セダンのボディが前輪に当たった。

「くそっ!」

バイクを立て直そうとしたが、中央分離帯に乗り上げてバイクごと宙に舞った。

朝倉の体は中央分離帯の椰子の木に当たり、反対車線に投げ出される。

「くそっ」

ふらつきながらも立ち上がった。

警笛!

けたたましいブレーキ音とともに車に跳ね飛ばされる。

「……」

車の上を転がった朝倉は車道に落とされ、意識を失った。

フェーズ9：闇のイレイザー

1

七月十三日、午前九時二十分。ハノイ市バーディン区。

寝返りを打った朝倉は、身体中《からだじゅう》に痛みを覚えて目覚めた。

「うん？」

朝倉はパジャマのような見慣れない服を着ていることに気付き、首を傾げた。しかも、チェックインしたホテルとも違うらしい。

首をぐるりと回して見ると、十六平米ほどの部屋の壁は薄いグレーで飾りっ気はない。レースのカーテンが掛けられた窓に木製のドアとホテルのようだが、左腕に点滴されているので病院かもしれない。

木製のドアが開き、中村が入ってきた。

「目覚めたんですね。よかった」

紙袋を抱えた中村は、満面の笑みを浮かべて言った。

「ここは、どこだ？　どうしてここにいる？」

朝倉は右手で額を押さえた。頭痛がする上、頭がすっきりとしないのだ。

「ホンゴック総合病院です。バイクで派手に転んだ直後、車に轢かれたみたいですよ。それでも骨折もしていないので、相変わらず頑丈っすね。衝突した車はボンネットがへっこんで、フロントガラスが粉々に割れたそうですから」

中村は屈託なく笑う。記憶にはないが、車と衝突する際に咄嗟に上に飛んで受け身を取ったらしい。

「バイクに乗っていた？　そもそもなんで乗ったんだ？」

朝倉は首を傾げた。記憶が定かではない。はっきりと覚えているのは、晩御飯を昨夜と同じ店で食べたことぐらいだ。メニューを変えても美味かった。その後、ホテルに戻って午後十一時過ぎにはベッドに就いたのを覚えている。

「冗談でしょう？　ロンビエン市場に行ったじゃないですか」

中村の笑みは苦笑に変わった。

「ロンビエン市場？　早朝に行く予定だったよな……」

昨夜の夕食後、今西を交えてロンビエン市場で聞き込みをすることに決めた。市場での聞き込みは軽装で、と決めていたことも覚えている。

「またまた。記憶喪失の振りをして私を担ごうとしているんでしょう？」

中村の顔が青ざめていく。

「まさか。予定通り、ロンビエン市場に行ったのか？」

朝倉は両眼を見開いた。

「本当に覚えていないんですか？　大変だ！」

中村は慌てて病室を飛び出した。

「まずいな」

舌打ちをした朝倉は体を起こし、後頭部を摩《さす》った。大きな瘤《こぶ》ができている。どうやら頭部を打って脳震盪《のうしんとう》を起こし、気絶したらしい。だが、こんなところで休んでいる暇はない。

ドアが開き、中村が医師と通訳のクワンを伴って現れた。

医師がベトナム語で何か言った。

「まだ安静にしていてくださいと医師は言っています」

クワンが英語に訳した。

「分かった」

ベッドから下ろした足を戻し、枕を背に座った。

医師は朝倉の右手首の脈を取った。

「先生。大丈夫です。ちょっと頭を打っただけですよ」

朝倉は医師が掴んでいる右手を引っ込めた。

苦笑した医師はクワンに何か言った。

「ＭＲＩでは異常はなかったそうですが、今日一日、安静にして欲しいとのことです」

クワンが通訳して言った。

「努力すると言ってくれ」

朝倉は溜息を吐くと、仕方なくベッドに横になる。

医師は頷くと病室から出て行った。

「中村。昨日の聞き込み捜査の報告をしてくれ」

朝倉は横になったまま尋ねた。

「了解です。〇四一五《まるよんひとご》、我々はロンビエン市場で聞き込みを開始。治験の募集が市場で行われていたという証言を得ました。〇四二〇《まるよんふたまる》に市場労働者の宿舎に聞き込みに向かい、四人の怪しげな男を発見。同時に宿舎は爆発炎上しました。ボスと私は男たちを追跡し、銃撃を受けました。ボスは咄嗟に男を盾にし、男は死亡。ボスは死んだ男のバイクで逃走した三人を追跡。十分後、ボスが車に轢かれたと通報があり、病院に搬送されました。我々は、〇四四〇《まるよんよんまる》に公安警察経由でボスが入院したことを知りました」

中村は端的に報告した。

「爆発炎上した宿舎での死傷者は？」

朝倉は目を閉じて尋ねた。

「死者十二名。生存者は〇です」

中村は声のトーンを下げて言った。

「生き証人も〇ということか」

朝倉は首を振って目を開いた。

「おっしゃる通りです」

「俺の代わりに撃たれた男の身元は分かったか？」

「公安警察が地方出入国在留管理官署に問い合わせ、入国時の記録から米国人のジェフ・ダッカーだと分かりました。現在、米国大使館に問い合わせています。報告は以上です」

中村は淡々と報告を終えた。

「少なくとも三人の容疑者が逃走中ということか。悪いが、昨日所持していた俺の私物を持ってきてくれ」

朝倉は体を起こした。いつも携帯している財布とスマートフォンはどこかにあるはずだ。

「私が預かっていました。昨日着ていた服はボロボロだったので、近くのマーケットで買ってきました」

中村は小脇に抱えていた紙袋から財布とスマートフォンを出し、朝倉に渡した。

「サンキュー。プライベートな電話を掛けたい。一人にしてくれ」

朝倉はスマートフォンを左手に持って言った。

「了解です。何か、買ってきます」

中村は病室から出て行った。

朝倉はスマートフォンで、ＦＢＩの特別捜査官であるエディー・ベーカーに電話を掛けた。お互い捜査情報を交換することになっていたのだ。

二度試してみたが、電話は通じない。仕方がないので、連絡するようにメールを送った。彼なりに捜査すると言っていたので、電話に出られない状況なのかもしれない。

「半日休憩するか」

朝倉は枕の位置を直し、横になった。

2

朝倉は電子音に目覚めた。

枕元に置いたスマートフォンが、電話の呼び出し音をあげているのだ。腕時計で時間を確かめると、午後四時になっている。

午前中に一度目覚めたのだが、また眠ってしまったらしい。

部屋の片隅に中村が椅子に座って船を漕いでいる。

「……はい」

朝倉は電話に出た。

——寝ていたのか？

ハインズの声である。

「ああ、うたた寝だ」

朝倉は適当に答えた。

――報告することがある。大丈夫か？

ハインズの声が少し緊張しているようだ。

「大丈夫だ。頭はすっきりしている」

眠ったせいで体の痛みは和らぎ、頭もはっきりしている。

――きみが問い合わせてきたＦＢＩ特別捜査官のエディー・ベーカーだが、ハノイのソンホン川で死体が発見された。死後二日ほど経っているそうだ。

「なっ」

朝倉は両眼を見開いた。死後二日というのなら、ハノイに到着した翌日に殺害されたということになる。朝倉は彼と一昨日電話をしているので、その直後だったかもしれない。

――それからジェフ・ダッカーと名乗っていた米国人が、ハノイ市内で銃撃されて死亡した。本名はロネル・エスパーダ、Ｎａｖｙ ＳＥＡＬｓの元一等兵曹ということが分かった。どちらも現地の米国大使館からの情報を国家安全保障局（ＮＳＡ）が調べ、ＮＣＩＳに報告してくれたのだ。悪いがこの件は他言無用だ。

「ＳＥＡＬｓ！」

朝倉は思わず声を上げた。証拠も残さないで凶悪な事件を起こしてきた手際は、半端ではないと思っていた。海軍最強の特殊部隊出身というのなら、殺しのプロと言っても過言ではない。

――驚いているようだが、君の捜査に関係しているのか？

「エスパーダは、特捜局で追っている六人の犯人のうちの一人かもしれない」

朝倉は直接接触しているようだが、その記憶がないため、曖昧に答えた。

――やはり、犯罪に加担していたのか。彼には悪い噂が付いて回っていたので、ＮＣＩＳでもマークしていたが、この一年ほど消息が分からなかったのだ。

「詳しい情報を教えてくれ」

――メールで情報を送る。それから、事件の管轄はＮＣＩＳになったので、ブレグマンとマルテスを送った。そちらの明日の午後に到着するだろう。

ロネル・エスパーダが元海兵隊に所属していたので、必然的にＮＣＩＳの担当になったようだ。

「そいつは頼もしいな」

朝倉はにやりとした。アラン・ブレグマンは腕利きの特別捜査官で、ハインズがＮＣＩＳで最も信頼している男である。ブレグマンは捜査チームのリーダーでロベルト・マルテスは、サブリーダーを務めていた。二人とも、朝倉の古い友人でもある。

だが、ハノイへの直行便は米国からはないはずなので、何回か乗り継ぎをしなければならないだろう。明日の午後に到着するということは、今日の早い時間に移動を開始しているはずだ。

――捜査中で忙しいとは思うが、協力して欲しい。

「おそらく敵は同じだ。合同捜査になりそうだな」

朝倉は大きく頷くと、通話を終えた。

「腹減ったな」

記憶では、昨日の夜から何も口にしていない。おとなしく夜までいるつもりだったが、悠長なことは言っていられない。何か口にしないと、倒れてしまう。

「中村。起きろ」

朝倉はベッドから足を下ろしながら中村に声を掛けた。スマートフォンの呼び出し音にも目覚めなかったので、朝倉よりも深い眠りについているようだ。

「はっ、はい」

中村は口元のよだれを拭いながら目覚めた。

「退院するから、手続きをしてきてくれ」

朝倉はベッド脇の棚から自分の服を取り出しながら言った。

「えっ！　もう。了解」

中村は慌てて部屋を飛び出した。

着替え終えた朝倉は、腕を伸ばしてストレッチを始めた。

「痛《いて》て」

腕や腰を動かすたびに身体中に痛みを覚える。擦り傷だけでなく、打撲もかなりあるようだ。バイクで転倒し、その後車と衝突したと聞く。体に刷り込まれた防御本能で怪我は最小限に抑えたらしいが、それなりにダメージを受けているようだ。

「退院できますよ」

十五分ほど待っていると、中村が戻ってきた。

「遅いぞ」

朝倉は病院のパジャマで額の汗を拭い、ベッドの上に置いた。ストレッチで傷は治らないが、固くなった筋肉はほぐれた。

「英語が話せる事務員がたまたま居なかったんですよ。ホテルに戻りましょうか」

中村は肩を竦めてみせた。

「大使館に寄って今西と打ち合わせをする。現地の警察の情報も確認したい」

朝倉は右足を引《ひ》き摺《ず》りながら病室を出た。車に衝突した際にふくらはぎを強打したらしい。赤く腫れ上がっていた。

「本当に退院して、大丈夫ですか？」

中村が後ろ向きに歩き、朝倉の足を見て尋ねた。

「心配するな。……だが、その前に腹ごなしだな」

朝倉は腹に右手を当てて苦笑した。

3

七月十四日、午後二時十分。ハノイ・ノイバイ国際空港。

朝倉は到着便の出入口で佇み、空《うつろ》な表情で通りすがる人々を見ていた。

昨日退院後に食事を摂ってから在ベトナム日本大使館に寄っている。

打ち合わせには今西と防衛駐在官の牧田も顔を出した。

ロンビエン市場での捜査を日本側が勝手にしたと、公安警察からクレームがきたそうだ。村上《むらかみ》大使が対応したそうだが、犯人を取り逃したと怒っていたらしい。火災で十二名の死者を出したことで、面子《メンツ》が潰れたと腹を立てているようだ。火災が起きていち早く消防局に連絡したのはクワンで、駆けつけた消防隊を誘導したのは、今西だったらしい。

また、銃撃で死亡したジェフ・ダッカーの死体と現場を保全したのは、国松と中村だそうだ。事情を聞かされていた大使は外交手腕を発揮し、さりげなく問題点を指摘することで公安警察の怒りの矛先を逸らせたのだ。

今西は、グエン・ホアン・リン中佐からの電話で、今後は公安警察は協力できないと断られたそうだ。今西は彼とは付き合いがあるので、公安警察の本部に直接行って尋ねたらしい。すると、こっそりと捜査部局のトップである局長から協力してはならないと命じられたことを教えてくれたという。公安警察ではなく、他国の捜査機関が先に結果を残すようなことがあれば立場がないというのが本音らしい。

「お出迎えにしては、渋い表情だな」

目の前にいきなりブレグマンが現れた。傍らでマルテスが手を振っている。彼らが乗った航空便はハインズから教えてもらった。二人は米国大使館までタクシー移動と聞いたので、打ち合わせを兼ねて出迎えに来たのだ。

彼らは米軍の輸送機で横田基地に到着し、成田空港からハノイ行きに乗り込んだらしい。

「考え事をしていたんだ」

苦笑した朝倉は、出入口に向かって歩き始めた。空港ビルの外に、中村が運転するエクスパンダーが停めてある。

これまで脳震盪を起こした経験は何度もあった。後遺症である頭痛や吐き気など様々経験しているが、数時間の記憶が飛ぶというのは初めてである。もっとも脳に異常をきたすことはなかったので、中村が言うように生来頑丈にできているのだ。記憶を呼び覚まそうと考え込んでいたので、注意が散漫になっていたらしい。

「君が考え事ねえ。考える前に行動するタイプだろう？」

ブレグマンがちらりと朝倉を見て笑った。

「その通りだ。今回は、最初に行動してミスった」

朝倉は大きな溜息を吐いた。犯人を挙げたい一心で、公安警察抜きで捜査をしたのは明らかなミスだった。この国が社会主義国家ということを改めて思い知らされたのだ。

「どうせ、公安警察に協力を拒まれたんだろう。君のような正面から攻めるような正義漢が、この国では嫌われる。知らなかったのか？」

ブレグマンは肩を竦めて笑った。

「一通り、レクチャーを受けていた。だが、犯人にどうしても追い付きたかったんだ」

朝倉は首を横に振った。

「出迎えは打ち合わせを兼ねているんだろう。だったら、大使館まで付き合ってくれ」

ブレグマンは朝倉の肩を叩いた。

「そのつもりだった」

空港ビルを出た朝倉はエクスパンダーの後部座席のドアを開けた。

「サンキュー。スペシャル・ポリス」

ブレグマンは仰々しく頭を下げて後部座席に乗り込んだ。

朝倉は助手席のドアを開けてマルテスを乗せると、後部座席に収まった。

「君からのメールをトランジットの成田空港で確認している。どうやら、ＦＢＩが扱っていた事件を特捜局は追っているようだな」

ブレグマンは車が動き出すと、さっそく話を始めた。

「実は殺されたＦＢＩ特別捜査官エディー・ベーカーと同じ便でハノイ入りしていた。彼からは個人的に捜査しているので、協力して欲しいと頼まれていた。だが、翌日には殺されたようだ」

朝倉は、青ざめた表情をしていたベーカーの顔を思い浮かべながら言った。彼は同僚の死で執念の捜査をしていたようだが、敵を追い詰めたことで殺害されたに違いない。

「その件はうちのボスから聞いている。FBIの知人に尋ねたら、自殺したとされているジョディー・コリンズは、ベーカーの同僚かつ恋人だったらしい。ベーカーはコリンズが殺害されたと主張して上司と口論となり、休職届を出して勝手に捜査をしていたようだ。そしてベーカー自身も殺されてしまったことで、FBIも本格的に動き出すだろう」

ブレグマンは沈んだ声で言った。ベーカーの死は理不尽だと思っているのだ。

「ベーカーから、事件にイレイザーという始末屋が絡んでいると聞いたが、実際、ロネル・エスパーダは一味だったのか？」

「イレイザーのことを知っているのか。……ここだけの話だが、NCISとFBIは極秘で構成メンバーの候補をマークしていた。今回、ロネル・エスパーダが死亡したことで、彼の仲間をある程度絞り込めた」

イレイザーの存在自体が極秘扱いなのだろう。ブレグマンは話すべきか迷ったようだ。

「極秘で捜査を続けていたのか？」

朝倉は首を傾げた。ベーカーから捜査は中止したと聞いている。

「もともと極秘の捜査で、NCISはFBIとチームを組んでいたんだ。ベーカーはヒューマンテクノロジーアーツを追っているうちにイレイザーの存在を知ってしまった。彼のチームの捜査は極秘捜査の障害になった。だから、コリンズの死をきっかけに局長命令で捜査は中止になったのだ。最初から彼らにも極秘捜査の存在を知らせればよかったんだ。二人の死は極秘捜査の犠牲に他ならない」

ブレグマンは険しい表情で答えた。

「極秘捜査にしたのは、イレイザーが米国の政財界に繋がっているからか？」

朝倉は首を傾げた。捜査を極秘にすると言うことは、邪魔が入らないようにするためだろう。とすれば、米国の権力者が関わっているに違いない。

「相変わらず鋭いな。その通りだ。彼らを動かしているのは、政財界から依頼を受けている某実業家だ。極秘にしなければ、捜査そのものを潰される恐れがある。それに、イレイザーの構成メンバーはＮａｖｙ ＳＥＡＬｓの特殊戦開発グループ（ＤＥＶＧＲＵ）の元メンバーだ。簡単に尻尾は出さない」

「Ｎａｖｙ ＳＥＡＬｓの特殊戦開発グループ！」

朝倉は絶句した。Ｎａｖｙ ＳＥＡＬｓは米海軍の特殊部隊だが、その中からさらに厳しい訓練を受けて選別されて独立した対テロ特殊部隊が特殊戦開発グループなのだ。

特殊戦開発グループの元メンバーが関わっているのなら、当然捜査は極秘となる。なぜなら、その活動は非公開で任務内容は一切公開されず、活動していることすら米国政府は公式に認めていないからだ。

「大使館に勤務しているＦＢＩ特別捜査官を紹介する。彼は普段はベトナム国内の情報収集が仕事だが、腕のいい捜査官だと聞いている。今後の捜査は、ＮＣＩＳとＦＢＩと特捜局、三つの組織による共同捜査になるだろう」

ブレグマンは笑みを浮かべて言った。国によって違うが米国大使館には、国務省の職員だけでなく、FBI、CIAの職員も常勤あるいは非常勤として駐在している。

四十分後、エクスパンダーはP・ランハ通り沿いにある米国大使館の正面ゲート前で停まった。ゲート門は三メートルの鉄製の扉になっており、大使館敷地を囲む塀はそれ以上に高い。歩道に設置してあるゲートボックスから緑色の制服を着た警備員が現れた。

マルテスが身分証明書を見せると、ゲートの扉はゆっくりと右にスライドする。

「大使館の正面玄関は工事しているから、直進して建物の横で停めてくれないか、裏口から入る」

ブレグマンは中村に指示した。

中村は二十メートルほど進み、車を停めた。

「車はこのままでいい。すまないが、ミスター・中村はここで待っていてくれ。入館の許可が出ているのはミスター・朝倉だけなのだ」

ブレグマンとマルテスは先に降りると、裏口から入って行く。初めて来た訳ではなさそうだ。

「仕方がない」

中村に目配せした朝倉は、彼らの後を付いて行く。

4

ブレグマンらは裏口の鉄製の出入口に立っている警備員に軽く手を挙げ、建物に入った。

廊下を進んでエントランスのエレベーターに乗り、三階で降りた。

「会議をお膳立てしておいた。顔見せ程度だが、君の手腕が試される」

ブレグマンは廊下の手前のドアを開けた。

「分かった」

朝倉は軽く頷く。

四十平米ほどの飾り気のない部屋に、四人のスーツ姿の男女と二人の迷彩戦闘服を着た軍人が大きなテーブルを囲んでいる。会議のセッティングは、確かにしてあったようだ。

「日本の特別強行捜査局のスペシャルポリスのミスター・朝倉です」

ブレグマンが先に入って朝倉を紹介すると、六人の先客は順に名乗りを上げた。

二人のスーツはＦＢＩ職員、別の二人はＣＩＡ職員で彼らはオブザーバーだと言った。ＣＩＡ職員は情報面でサポートをしてくれるようだ。迷彩戦闘服の軍人は、大使館の警備を担当する海兵隊員で、彼らはＦＢＩの指示で動くらしい。

「俊暉・朝倉です。よろしく」

笑みを浮かべた朝倉は、ブレグマンとマルテスと共に椅子に座った。

「一昨日のロネル・エスパーダが死亡した際に居合わせたと聞いたが、詳しい事情を聞かせてもらえますか？」

スタン・ローレンという年配のＦＢＩ職員で、会議の進行役らしい。もう一人は女性でアビー・ロイドという。三十代前半と若い。

「私は犯人追跡中に事故に遭い、十二時間ほど記憶が欠落しています。その場に居合わせた部下を伴っていますので、彼なら事情を説明できます。それとも、伝聞を話しますか？」

朝倉は肩を竦めて見せた。

「その人物が、セキュリティレベル的に問題ないならお願いしたい」

ローレンは、ＣＩＡの二人と頷き合って答えた。ＦＢＩはともかく、ＣＩＡは顔の露出を嫌うため気を遣っているのだろう。

「彼の部下は、篤人・中村です。セキュリティレベルに問題ありません。私が保証します」

ブレグマンが朝倉に代わって発言すると、マルテスが部屋を出て行った。

二分ほどでマルテスは中村と戻ってきた。ブレグマンは朝倉の隣りの席を中村に譲った。

「それではミスター・中村、事情を詳しくお話しください」

ローレンは緊張気味の中村を促した。部屋に足を踏み入れた時から、中村の表情がまったくなくなっている。明るい性格だが、意外とあがり症なのだ。

「はい」

中村は、立ったまま日本語で返事をした。

「立っていられると、落ち着かない。座ってくれ。知っていることはすべて言っても構わない」

朝倉は英語で言って人差し指の先でテーブルを叩いた。

出席者は俯いて笑いを堪《こら》えている。

「イエス・サー。私は一昨日の午前四時十五分、朝倉特別捜査官と上司と大使館関係者で、ロンビエン市場で聞き込みをしていました。そこでヒューマンテクノロジーアーツの治験の募集があったと証言を得ました。さらに、午前四時二十分、市場労働者の宿舎に聞き込みをしようと向かったところ、四人のフルヘルメットを被った男たちが宿舎から飛び出して来たのを目撃しました。そしたら、いきなりドーンと宿舎が爆発炎上したのです」

中村は話すうちに饒舌《じょうぜつ》になってきた。しかもところどころで、ジェスチャーも交えている。

「私はすぐさま四人の男たちを追跡しました。途中で男たちが銃撃してきましたが、私は左右に飛んで銃弾を躱したのです」

中村は左右に体を振って見せた。

「銃弾を躱す！　それは凄い！　ブラボー！」

ローレンは手を叩いて歓声を上げた。人を乗せるのが上手《うま》い人物である。他の職員も喜んでいる。

「中村。おまえの話の途中で、俺はどこに行ったんだ？」

朝倉は中村の耳元で言った。彼の話では、犯人を追いかける場面は中村の一人称になっている。

「忘れていました。朝倉特別捜査官は、私と一緒に銃弾を避け、バイクに乗った犯人の一人にタックルしました。すると、他の三人の男たちは、朝倉特別捜査官目掛けて銃撃しました。彼は咄嗟に男を盾にして銃弾を受けたんです。そして、バイクに乗って三人の男たちを追跡しました。あっという間の出来事でした。私の目撃情報は以上であります」

中村は話し終えると、鼻の穴を広げて大きな息を吐き出した。

「私は一キロほど追ったところで転倒し、車に轢かれたようです。おそらく、犯人と接触したのでしょう。私はその事故で頭部を打って記憶を失ったのです」

朝倉は中村の話を補足した。

「バイクで転倒し、その上、車と衝突して、ピンピンしている。まるでスーパーマンだな」

苦笑したブレグマンは首を横に振った。

「頑丈に産んでくれた母親に感謝しているよ。会議を進めてもらえますか？」

朝倉はローレンをちらりと見て言った。ここまでは、自己紹介と変わらない。

「特捜局は、日本の捜査の延長線上で行動しているので、敵の動きが分かるはずです。この後、犯人はどう動くと考えていますか？」

ローレンは質問を被せてきた。こちらの情報を洗いざらい吸い取ろうという魂胆なのだろう。

「我々が追っている男たちがイレイザーなら彼らは治験の関係者を抹殺し、証拠の隠滅を図っています。ロンビエン市場の労働者は治験を受けたのでしょう。そのため宿舎ごと爆発炎上させたのです。もし、証人殲滅《せんめつ》が成功したのなら、彼らはすでに出国しているはずです。だが、まだ、ベトナム国内に治験者が残っているのなら、彼らはまた行動を起こすでしょう」

朝倉は表情も変えずに言った。

「イレイザーを逮捕することで、彼らを雇った大物とその関係者まで逮捕し、闇の組織を一網打尽にするのが我々の目的です。だが、それはあくまでも米国の問題だ。我々に任せてほしい。もちろん、この国での捜査に関してはお互い協力し合いましょう。何か分かったら、こちらから連絡します」

ローレンは、話を締めくくろうとしている。彼らから捜査情報を出すつもりはないらしい。情報が漏れて、米国内の大物を取り逃がすことを恐れているのだろう。

「まだ、会議は始まったばかりです。お互いフィフティ・フィフティでしょう？　そちらからも提供できる情報があるはずです。違いますか？」

おめおめと手ぶらで帰るつもりはないのだ。

「犯人と直接接触したのは特捜局だけです。彼の言う通り、立場はフィフティ・フィフティですよ。ローレン分析官」

ブレグマンは、ローレンを肩書を付けて呼んだ。分析官はデスクワークで現場を知らないという皮肉も込めているのだろう。

「……分かりました。容疑者候補の名前はＮＣＩＳから聞いて下さい。我々は公安警察の情報を得ています。ここだけの話ですが、内通者がいるんです。彼らは珍しく必死に捜査をしているようです。情報はＮＣＩＳを通じて教えましょう。これでよろしいかな？」

ローレンはじろりとブレグマンを見て言った。

「いいでしょう」

朝倉も小さく頷いた。

5

午後四時十分。在ベトナム米国大使館。

朝倉と中村はブレグマンに見送られて工事中の建物から出た。

エクスパンダーの助手席に朝倉は乗り込んでドアを閉めた。

「本当に疲れました」

中村は両眼をしょぼつかせ、大きな溜息を吐いてエクスパンダーの運転席に収まった。初対面の米国人ばかりの会議にいきなり呼ばれたので、相当気を遣ったのだろう。

「ロンビエン市場に寄ってくれ」

朝倉は物憂げに言った。襲撃された現場を見ることで、記憶を呼び戻したいのだ。医者は脳に異常はないので、焦ることはないと言う。だが、犯人は待ってくれない。

「了解です」

中村は真面目な顔付きになった。捜査員として、切り替えができる男なのだ。

会議の後で、ブレグマンからＮａｖｙ ＳＥＡＬｓの容疑者候補のリストをもらい、彼らが疑われている理由も聞かされている。もっとも、リストは本名や軍歴だけで、肝心の顔写真はない。というのも、彼らが退職した際に軍のサーバーがハッキングされて、本人確認できる顔写真や指紋などの情報が消去されていたというのだ。

容疑者らは特殊戦開発グループ１の中東を担当するチーム３の中でも、任務の成功率が高いオレンジというコードを持つチームだった。

Ｎａｖｙ ＳＥＡＬｓ最強とまで言われたオレンジ・チームは八人で構成されており、リーダーはジョン・ニコルズ最上級上等兵曹であった。彼らは二〇二一年十月にシリアの反政府組織と共同で政府高官を暗殺する任務を受け、イラク西部に派遣されたそうだ。

だが、シリアに潜入直後に国軍に包囲攻撃された。ドローンの救援を要請したが、上層部から却下され、自力でイラクに脱出する過程で仲間二人を殺害されている。

ＣＩＡが使っていた現地の情報屋が、政府軍に情報を漏らしたことが原因であることが後に分かった。だが、二人の部下を見殺しにしたとニコルズは軍法会議に掛けられる。生き残った部下の証言でニコルズは処罰を免れるが、不当な扱いを受けたニコルズだけでなく、チーム全員が軍を見限って辞めた。

退職後のニコルズの後ろ盾になっているのが、米国きっての実業家クレイブ・ロバーツだ。ロバーツは軍需会社ロバーツ・リソーシズのＣＥＯでもある。軍需としては情報システムや軍用機のパーツを扱っており、同時にミリタリー・ロバーツという民間軍事会社も経営していた。

以前からクレイブ・ロバーツの政敵の不審死にミリタリー・ロバーツが関わっていると噂されていた。だが、五年ほど前にその実行部隊と目されたミリタリー・ロバーツの十人の傭兵が、飛行機事故で亡くなり、ＦＢＩの捜査は終了している。

二〇二二年八月にジョン・ニコルズ率いる元オレンジ・チームの六人が、クレイブ・ロバーツが百パーセント出資するセキュリティ会社を立ち上げている。セキュリティ会社はミリタリー・ロバーツの仕事も請け負っており、ＦＢＩは暗殺チームが復活したのではないかと警戒していたそうだ。

実際、政財界のゴシップから政敵の抹殺までの汚れ仕事を闇で引き受けることで、クレイブ・ロバーツは上院の重鎮とつながるまで成り上がったらしい。

二十分後、中村はロンビエン市場の西の端に面したホンハ通りに車を停めた。

「犯人らがバイクを停めていた場所は、この先にある右の路地裏です」

中村は声を潜めて言った。通りにほとんど人気はなく、静まり返っている。深夜に始まり、早朝に終わる市場のために今はゴーストタウンのようだ。話し声が響くため、中村は小さな声で説明したらしい。

「分かった」

朝倉は低い声で返事をし、シャッターの閉じた裏通りを見ながらゆっくりと歩いた。頭の中は依然として靄《もや》がかかったようにすっきりしない。前回訪れた際は、騒々しかったのだろう。まったく違う街の風景を見ても脳に刺激を受けることはないかもしれない。

「何も思い出せませんか？」

中村は遠慮がちに尋ねてきた。

「明日の早朝に出直そう」

腕組みをした朝倉は裏通りを引き返し、ホンハ通りに出た。

けたたましい警笛。

朝倉はトラックとぶつかりそうになり、後ろに飛び退《の》いて尻餅を付いた。考え事をして背後から走って来たことに気付かなかったのだ。朝倉はトラックの車体を見つめ、両眼を見開いた。

「危ないじゃないですか。しっかりしてくださいよ」

中村が立ち上がる朝倉に手を貸した。

「分かったぞ」

朝倉は笑みを浮かべた。脳裏にジグザグ運転している黒のセダンが浮かんだのだ。

「危ないことが、分かったんですか？　遅いですよ」

中村は鼻先で笑った。

「馬鹿野郎。どうして、俺の乗ったバイクが転倒したのかが分かったんだ」

朝倉は中村の手を払って笑った。黒のセダンをバイクで追い越す瞬間、身を屈め、セダンの車体の下にタッチしてGPS発信機を取り付けたのだ。

「ちゃんと、思い出したんですか？」

中村は訝しげに朝倉を見ている。

「容疑者のバイクを追跡している俺を車が邪魔してきた。そのせいでバイクを見失ったんだ。だから、俺はその車の下にＧＰＳ発信機を取り付けた。その時幅寄せされて転倒したんだよ」

朝倉は不敵に笑いながらスマートフォンを出し、追跡アプリを立ち上げた。朝倉が取り付けたＧＰＳ発信機が信号を出している。

「本当ですか！」

中村は声を張り上げた。

「位置が分かったぞ！」

朝倉はスマートフォンを握りしめた。

フェーズ10：暗殺特殊部隊

1

七月十四日、午後五時四十分。ハノイ市カウザイ区。

ハノイの東側にある旧市街はソンホン川流域にあるが、新都心は西側にある。

低層の古い建物が並ぶ旧市街と違い、新都心には高さ三百五十メートル、七十二階建てのＡＯＮハノイランドマークタワーと同敷地に四十八階建ての二つの高層住宅がある。

また、日系企業がリニューアルしたショッピングモールがあるインドネシアプラザなど新都心の発展に陰りは見えない。高層住宅は各戸百平米から二百平米の広さがあり、近年ベトナムのビバリーヒルズともてはやされている。

だが、ビジネスマンが住む新都心ではなく、金持ちの別荘や避暑地として開発が進んでいる西湖北部のタイホーも密かに注目されていた。

広大な住宅の敷地内に国連国際学校ハノイ校やゴルフコースがあり、東側には高層住宅もあるが、一戸建ての庭付きのヴィラを中心に建設が進んでいる。

国連国際学校ハノイ校に近いメインストリートに高級一戸建ての住宅街がある。

朝倉と中村が乗り込んでいるエクスパンダーは、メインストリート東の端にあるラウンドアバウト近くに停められていた。

「動きはありませんね」

運転席の中村は欠伸を噛み殺した。

朝倉を襲撃した黒のセダンに取り付けたGPS発信機の信号を追って、ここまで来た。ラウンドアバウトから三軒西にある白壁の豪邸の敷地内に黒いベンツSタイプが停まっていた。襲撃時に車種までは分からなかったが、発信機を取り付けた車である。

白壁の豪邸は三階建てで、一・八メートルの高さの壁に囲まれている。中央に門があり、左側にガレージ用の門があった。二つの門には赤外線センサーが付けられており、無断で開閉すれば気付かれてしまうだろう。

二軒手前のラウンドアバウトに面した家も豪邸で、門の内側に赤いポルシェが停めてある。社会主義国とは思えない経済格差がこの国にもあるようだ。

両隣りの家と背後の家とは三メートルほどの隙間がフェンスで仕切られている。どの家も敷地いっぱいに家を建てていた。衛星写真で確認したが、侵入するには正面突破する他ないようだ。

「アジトと見ていいだろう」

朝倉は白壁の豪邸を見ながら言った。

スマートフォンが振動した。国松から電話が掛かっている。

――国松です。到着しました。ＮＣＩＳの二人と米大使館のチームも一緒です。我々はボスの車から三十メートル南にいます。

国松の張り切った声が聞こえる。応援を要請したので国松は今西と来ているはずだ。

「いまのところ動きはない。ブレグマンと打ち合わせをする。以上」

朝倉は通話を切って車を降りた。ブレグマンが道路を渡って目の前に現れたのだ。道路の斜め向かいにある建設中の家の前にスバルのインプレッサが停められ、傍らにマルテスと米大使館で会った二人の海兵隊員の姿もある。彼らはくたびれたカラーシャツにコットンパンツというラフな格好をしていた。軍人には見えないが、プロレスラー体型だけにいささか目立つ。

「公安警察に連絡したか？」

朝倉はブレグマンに尋ねた。

「彼らから協力を断られたじゃないか。気にする必要があるのか？」

ブレグマンは人差し指を左右に振った。

「だが、事後報告すれば、またこじれるぞ」

朝倉は苦笑した。今度は下手したら国外退去を命じられるだろう。

「報告しなければいい」

ブレグマンは涼しい顔で答えた。

「俺たちだけで突入するのか？　相手は元特殊部隊だぞ。武器は持っているのか？」

朝倉は肩を竦めた。

「あの家の所有者はミリタリー・ロバーツ社だった。敷地内は米国と同じだ」

ブレグマンは不敵に笑うと、シャツをたくし上げて見せた。ズボンにグロック17が差し込んである。米大使館には武器庫があるので、武器には不自由しないのだろう。

「いつもはもっと慎重だろう。やけに大胆だな」

朝倉は頭を掻きながら苦笑した。ブレグマンは、石橋を叩くような慎重な捜査をする。普段なら冒険は嫌うはずだ。

「この国で騒動を起こすことは避けたい。だがそれ以上に、すでに起きた事件が米国人の仕業だとされたら、まずいことになる。公安警察よりも先に犯人を拘束したいのだ」

ブレグマンは渋い表情で答えた。上から命令を受けたのだろう。だが、ハインズではなく、NCISの局長からに違いない。ハインズなら朝倉に直接言うはずだ。

「米国人が大勢のベトナム人を殺害すれば、反米感情が悪くなるからな」

朝倉は舌打ちした。捜査を米国主導にしたくはないが、このままではそうなってしまうだろう。

「とりあえず、夜がふけるのを待つ。その前に動けば、尾行する。それでいいか？」

ブレグマンは強い調子で尋ねた。

「気は進まないがな」

朝倉は渋々返事をした。

一時間後、朝倉と国松と中村は白壁の豪邸の左手に、ブレグマンとマルテスと二人の海兵隊員は豪邸の右手に立った。今西は、豪邸の近くで見張りに立たせてある。大使館勤務だけに冒険させるわけにはいかないのだ。

――こちら、アルファ。ジャミングした。ゴー。ゴー。

ブレグマンから無線連絡が入った。お互い無線機の周波数を合わせてある。また、朝倉らは彼らの予備のハンドガンであるグロック２６を借りていた。彼らの方を見ると、早くも壁を上り始めている。

「行くぞ」

朝倉は周囲を見回して人気《ひとけ》のないことを確認すると、壁の上部に手を掛けて一気に乗り越えた。前庭に着地するなり銃を構えて周囲を警戒する。国松と中村が朝倉の傍らに着地した。三人が揃ったところで、白壁邸の左側にある窓脇まで油断なく歩く。ブレグマンらは正面玄関前に進むと銃型のピッキングツールを出した。

朝倉は折り畳みナイフをポケットから出し、窓枠の下に差し込んでロックを外す。窓を音もなく開けると、中村、国松、朝倉の順に忍び込む。ほぼ同時にブレグマンらは銃を構えて玄関から突入した。

窓から侵入した部屋は、リビングのようだ。三十平米ほどでソファーやテーブルが並べられているが、飾り気のない部屋である。銃を構えた朝倉らはドアの裏まで確認した。

「クリア」

朝倉は無線機のマイクに呟くように言った。

――クリア。

無線機のイヤホンからブレグマンの声が聞こえた。彼のチームは、二階を調べている。

朝倉らは、隣りの部屋に侵入した。家財道具は何もない三十平米ほどの部屋で、その隣りはキッチンである。先に入った部屋はダイニングのようだ。

「クリア」

朝倉は無線機のマイクに呟き、首を捻った。人の気配がないのだ。車のＧＰＳ信号を追って、ここまで来たのでてっきり屋敷を出ていないと思っていた。だが、犯人は車を屋敷に停めると、その足で出かけたに違いない。

「この部屋も無人ですね」

張り切って探索していた国松は首を横に振った。一階はリビングとダイニングとキッチン、そのほかに三部屋あったが、もぬけの殻である。

「一階はクリア」

最後の部屋も確認した朝倉は、無線連絡で国松と中村に正面玄関を見張るように言うと、二階への階段を上った。

「二階も誰もいなかったよ。だが、これを見てくれないか？」

廊下に立っていたブレグマンは、朝倉に手招きをした。

「武器でも見つかったのか？」

朝倉はブレグマンに続いて廊下の突き当たりにある部屋に入った。

「それよりも価値がある」

ブレグマンはベッドルームの壁に貼り出されている二枚の地図を指差した。一枚はハノイ周辺で、もう一枚はベトナム全土の地図である。

「なっ！」

地図を見て朝倉は眉を吊り上げた。ハノイ周辺地図にはロンビエン市場だけでなく、数箇所にチェックマークが入れられているのだ。

ふと何かに見られているような感覚に襲われた朝倉はおもむろにグロックを抜き、天井目掛けて撃った。

「何をするんだ！」

ブレグマンが大きな声で言った。

「監視カメラだ。俺たちが踏み込むことが分かっていたのだろう」

朝倉はグロックをズボンに差し込んだ。

2

午後五時五十分。

朝倉らがタイホーの豪邸に侵入したころ、ＮａｖｙＳＥＡＬｓの元オレンジ・チームに所属していた五人はハノイ市の北西に位置するメリン県のトゥオン・レーという小都市のゲストハウスに潜伏していた。

二人の男が、ゲストハウスの一室でテーブルを挟んでソファーに座り、スマートフォンを見ている。一人はオレンジ・チームのリーダーであるジョン・ニコルズである。ゲストハウスは三階建ての一軒家、オーナーはミリタリー・ロバーツ社である。

テーブルにはスプリングフィールド・アーモリー社製、45口径半自動拳銃スプリングフィールドXDMとガンオイルと手入れ用の布、それに二本のタクティカルナイフが置いてある。

ポリマーフレーム製のスプリングフィールドXDMは、強力な45ACP弾を使用しているが、装弾数は十三発ある。

「監視カメラに気付くとは、オッドアイはただものじゃないな。そう思わないか、テッド」

ニコルズは、口笛を吹いた。朝倉が豪邸に仕掛けた監視カメラを銃撃で破壊したのだ。

「天井のピンホールに仕掛けた小型カメラに気付くなんて、おかしいでしょう？」

テッドと呼ばれた別の男は右手で頭を抱えた。

「日本で我々を追い詰め、ハノイの盗賊団を一瞬で片付けた。今また我々を追跡している。軍人としての能力だけでなく、捜査官としても一流だ。仲間に誘いたいくらいだ」

ニコルズは画像が途絶えたスマートフォンをテーブルに置くと、XDMを手に取った。話しながらスライドを外し、グリップフレームからインナーシャーシも取り外す。分解掃除をするのだ。

「俺だから今の発言を許しますが、他の仲間の前でそんなことは言わないでください。オッドアイのせいでエスパーダが死んだんですよ」

テッドは首を横に振った。

「エスパーダを撃ったのは、スタントとボビーだ。オッドアイは、武器を持っていなかったんだぞ。慌てて銃撃する必要はなかったのだ。二人とも血の滲むような訓練を受けてオレンジ・チームに入ったんじゃないのか？　あいつらは、未だに新入り気分でいる。仲間を撃ち殺すなんて未熟もいいところだ」

ニコルズは口調を荒らげた。

「……その通りです」

テッドは肩を落とした。

「だが、俺はオッドアイを許したとは言っていないぞ」

ニコルズは低い声で呟いた。

「任務が終わったら、イレイズするんですね」

テッドはブレードが９５ミリのタクティカルナイフを手に取った。シールパップＭ３７である。ベトナム戦争を通じて成長したＳＯＧナイフ社が開発したナイフだ。

また、テーブルに置かれている別のナイフは、ブレードが１６５ミリ、柄がレザーワッシャー製で鍔《つば》もある。クラシカルなスタイルはハンターに人気があるという。

「いいや、同時に行う。私はそのために作戦地図を残してきたんだ」

ニコルズはフンと鼻息を漏らした。隠れ家から出る際、部下たちをバイクで先に行かせた。作戦に使っている地図をわざと二階のベッドルームに置いてきたのだ。

「えっ！　邪魔されたらどうするんですか！」

ナイフの刃をシャープナーで研ぎ始めたテッドは、手を止めてニコルズを睨みつけた。

「我々はアフガンやシリアで、命のやりとりをしてきた。だが、軍を辞めてからは敵のいない作戦を淡々とこなしてきただけだ。おまえはこの二年、命の危険を感じたか？　死を予感したことがあったか？」

ニコルズは、手入れした銃を組み立てながら尋ねた。

「シリアで包囲攻撃された時は、もう駄目かと思いました。だが、今はそれすら懐かしい。俺たちが今やっていることは、やむを得ないとはいえただの人殺しですからね。まあ、人殺しが嫌と言うわけではないんですが」

テッドは鼻先で笑った。

「今回のミッションは、ただの人殺しじゃないぞ。我々の闇の仕事は、多くの人を救っている。そう思うことだ」

ニコルズは組み上がったスプリングフィールドＸＤＭをまるで猫でも可愛がるように布で撫《な》でた。その銃を見る目付きは異常な光を帯びている。

「まあ、考えようによっては、そうともいえますか。あのエムポックスのレプリコンワクチンは危険ですからね。ワクチンを接種された治験者はエムポックスを発症し、他人にも感染させてしまう。やっかいなものだ」

テッドはシールパップＭ３７のブレードを頬に当てて頷いた。

エムポックスとはアフリカ起源と言われるサル痘ウイルスによる感染症だ。発熱、発疹《ほっしん》など一見水疱瘡《みずぼうそう》の症状と似ている。致死率は強毒性のコンゴ盆地型で十パーセントほど、弱毒性の西アフリカ型で三パーセント程度と言われている。人から人への感染は弱いと言われているが、世界的な流行をみせているということは感染率が高いということだろう。

「レプリコンワクチンの研究はまだ分からないことが多い。このワクチンは、二型と三型という二つのロットが現在作られているが、二型のワクチンを接種した治験者の体内でスパイク蛋白質が増え続け、抗体が追いつかずに病気になってしまうという異常が発見された。我々が治験者をウイルスごと根絶やしにしなければ、世界中にエムポックスが蔓延《まんえん》してしまう。このミッションには大義があるのだ」

ニコルズは銃をテーブルに置くと、ペットボトルの水を飲んだ。

ワクチンには不活性化したウイルスを使う従来型のほかに、新型コロナワクチンの流行によって開発されたＤＮＡワクチン、ｍＲＮＡワクチン、レプリコンワクチン、不活化ワクチンの四種類がある。

簡単に言えば、従来型は病原体を弱毒化し、接種した人の免疫応答を誘導する。それに対して遺伝子操作型ワクチンは、当該抗原であるスパイク蛋白を人の細胞内の遺伝機構を用いて作らせるのだ。スパイク蛋白質はウイルスの一部で、この蛋白質に対抗して抗体が作られる。

不活化ワクチンがウイルスのスパイク蛋白そのものを使うのに対し、ＤＮＡワクチンはウイルスのスパイク蛋白をアデノウイルスのコアで包んである。

ｍＲＮＡワクチンは、ウイルスのスパイク蛋白ｍＲＮＡをポリエチレングリコールのマイクロカプセルに入れたものである。作られた抗体は時間の経過と共に減ってしまう。

レプリコンワクチンもスパイク蛋白ｍＲＮＡをポリエチレングリコールのマイクロカプセルに入れたものだが、体内で自己増殖するという特質がある。

「大義ですか。物は言いようですね。奴らのことだから、二型ワクチンは、種まきで世界中にエムポックスを蔓延させ、三型ワクチンで鎮静化させて大儲《おおもう》けするつもりじゃないですか？」

テッドは訝しげにニコルズを見た。

「おまえは勘がいいな。俺たちの報酬の中に三型ワクチンが含まれている。クライアントは、俺たちよりも何百倍も悪人だ。日本とベトナムでの二型ワクチンの治験は失敗じゃなく、成功だったのかもしれないな」

ニコルズは鼻先で笑った。

「悪魔に魂を売った金の亡者《もうじゃ》ですか。まあ、我々のクライアントはみんなそうですがね。世界の人口が減ることは反対しませんよ。世界中クソみたいに人間だらけですからね。それよりも、オッドアイに地図を見られて邪魔されたらどうするつもりですか？」

テッドは鼻を摘んでみせた。

「日本を離れる際に、念のため二チームに分かれたが、それでもオッドアイは追ってきた。奴は蛇のように執念深い。我々に間違いなく闘いを挑んでくるだろう。だからこそ、いいんだ。タリバンの容赦ない銃弾、シリア国軍のＲＰＧの恐怖を思い出せ」

ニコルズは身を乗り出すと、ＸＤＭの銃口を自分のこめかみに付けて笑った。

「ワクワクします。オッドアイならあの恐怖を味わわせてくれますかね」

テッドはシールパップM37のブレードを舌の先で舐めた。

「あの男にも地獄のような恐怖を味わわせてやる」

ニコルズは絞り出すような声で唸《うな》った。

3

午後六時十五分。

ハノイから北東約十三キロにバクニン省のトゥーソンという小さな街があった。

エクスパンダーとインプレッサは、街の中心部を抜けるチャンフー通りを走っている。街に入る直前、雨が降ってきた。この国特有のにわか雨だ。雨が降ってくれたほうが三十六度ある気温も少しは収まるだろう。

「この近くだな」

エクスパンダーの助手席に座る朝倉は、地図を手にしている。オレンジ・チームのアジトから拝借してきた地図である。ハノイ周辺の地図上に三箇所のマーキングがされており、ハノイに一番近いマーキングであるトゥーソンを訪れたのだ。

「その先の路地を右折してくれ」

朝倉は地図を見ながら指示した。

「何か……臭いますね」

ハンドルを握る中村が鼻をヒクヒクさせながら言った。

朝倉は慌てて窓を開けた。途端に焦げ臭い異臭が鼻腔を突く。

「やられた！」

中村は急ブレーキを掛けて車を停めた。

「くそっ！」

朝倉は車を飛び出した。

「オーマイガー！」

ブレグマンが、エクスパンダーのすぐ後ろで止まったインプレッサから駆け出してくる。地図でマーキングした場所は二階建ての建物で骨組みだけ残して燃え落ちていた。

「何てことだ」

朝倉は焼け跡前で立ち止まった。燻された焦げ臭い匂いが強烈に残っているので、火災発生から時間は経っていないはずだ。

「先を越されたようだな」

ブレグマンは大きな溜息を吐いた。

「近所の住人の話では、未明に火事があったそうです。このアパートに住んでいた十九人の住人が全員亡くなったらしいですね」

　国松が早速近所の住民に聞き込みをしてきたらしい。

「病気で具合の悪い住人がいたそうです。その中で、最近までロンビエン市場で働いていた男性がいたそうなんですよ」

　マルテスがブレグマンに報告した。彼も住民に聞き込みをしていたようだ。

「現場検証しますか？」

　中村が傍らに立って言った。

「必要ない。次のマーキングの場所に行くぞ。アラン！」

　朝倉は急いで車の助手席に戻った。

「おう！」

　ブレグマンは声を上げて答えると、インプレッサに乗り込んだ。

「車を出します。指示してください」

　運転席に戻った中村はエンジンを掛けた。

「次は、タイグエン省のバッハングという街だ。路地をUターンして大通りを右折してくれ。スマホのカーナビに目的地を入れる」

　朝倉は自分のスマートフォンを出した。トゥーソン村はハノイから近かったので、ナビを見るまでもなかったが、バッハングはハノイから七十八キロも離れているのだ。

「任せてください」

中村は狭い路地で巧みにハンドルを切ってＵターンした。

四十分後、二台の車は、ハノイ－タイグエン高速道路を出ると、街の中心部を抜けて２６１号線沿いにある二階建ての総合病院の駐車場に車を停めた。正門のゲートは夜間にも拘わらず開いていたのだ。

ハノイから二番目に近いマーキングは、バッハングという街の病院であった。ワクチンの治験者が入院している可能性がある。

「見つけたぞ！」

朝倉は勢いよく車を降りた。駐車場の片隅に見覚えのある三台のオンロードバイクが停めてあるのだ。

ブレグマンらも銃を構えて車から次々と飛び出す。

朝倉は国松と中村を従え、ブレグマンのチームと共に病院の木製の両開きの正面玄関から侵入する。照明は消えており、非常灯だけ点いていた。その上、警備員が受付の前に気を失って倒れている。犯人は、日が暮れるのを待って襲撃したのだろう。おかげで追いつけた。

「俺たちは、二階から。そっちは一階から頼む」

眉間に皺を寄せた朝倉は、国松らを従えて階段を駆け上がる。

「分かった」

ブレグマンらは廊下の奥へと進む。建物は二階だが、その分建築面積は広いらしい。

二階に上がった途端、白衣を着た二人の男が廊下の奥から現れる。

身長はどちらも一八〇センチほどで武器は携帯していないようだ。無精髭を生やしているのは同じだが、右の男は黒髪、左の男は茶髪である。

朝倉は咄嗟に銃をズボンに突っ込んで隠すと、ハンドシグナルで国松と中村に回り込んで二人の後方に行くように命じた。二人は頷くと階段を駆け降りていく。

朝倉は白衣を着た二人の男たちの前に立ち塞がった。

「オレンジ・チームか？」

朝倉は衒いもなく尋ねた。

「オッドアイ！」

男たちの形相が変わり、いきなり殴り掛かってきた。

朝倉は左右のパンチを躱し、コンビネーションキックも避けた。だが、二人は間髪を容れずに攻撃してくる。

「いつまで避けているつもりだ」

黒髪の男がパンチを繰り出しながら尋ねた。朝倉に攻撃が届かないため、苛立っているらしい。

「それは俺のセリフだ」

朝倉は頷くと右の男の左フックをブロックし、左手を下ろした。朝倉のガードの隙を狙って左の男が右足を上げる。瞬間、朝倉は腰を屈め、男の軸足を左ローキックで蹴り抜く。男は両足を高く上げて頭から床に落ちた。すかさず朝倉は右横蹴りを右の男の顔面に放つ。

男は両手で受け止めて壁まで下がると、ポケットから何かを出し、朝倉の足元に投げた。米軍のM

６７破片手榴弾である。

「ちっ！」

舌打ちした朝倉は振り返ると、猛然と走った。前方に蹴ることもできたが、敵の後方にいる国松らが被弾するかもしれないからだ。四秒を数え、前方に飛ぶと同時に手榴弾は爆発した。

一瞬気が遠くなり、爆風で耳鳴りがする。非常灯も消え、周囲は闇に包まれた。

ハンドライトを出して立ち上がり、周囲を見回す。男の姿はなく、朝倉が倒した男も消えていた。倒れた男を別の男が担いで逃げたらしい。訓練された兵士だからこそできる芸当だ。

「こちら、朝倉。誰か応答してくれ」

無線で呼び出したが、ジャミングされているのか、雑音がするだけである。

男たちがいた場所まで戻ると、すぐ近くに階段室があった。

「大丈夫ですか？」

ハンドライトを手にした中村が、駆け寄ってきた。無線が通じないので、確認しに来たのだろう。

「心配するな」

朝倉は耳鳴りを止めるため、口を大きく開けながら言った。

「それじゃ、行ってください。課長が、起爆装置の解除をしています」

中村は廊下の奥を指差した。病棟に爆弾が仕掛けてあるようだ。二人とも、爆弾解除の訓練を受けているので、任せてもいいだろう。応援がいるということは、爆弾は一つではないようだ。

「頼んだぞ」

朝倉は銃を抜きながら階段室に入り、一階まで降りた。階段室を出ると、いきなりライトで照らされ、反射的に銃を向けた。

「私だ！　今の爆発はなんだったんだ」

ブレグマンが声を上げた。

「Ｍ６７だ。敵と遭遇した。病院に爆弾が仕掛けてあるらしい。解除は国松らがしている。犯人を追うぞ」

朝倉は手短に報告すると、病院を出て駐車場に向かった。

「誰か……」

駐車場の暗闇から弱々しい声がする。

ライトで声のする方を照らすと、見張りに立たせてあった今西が倒れていた。

「大丈夫か？」

朝倉は跪いて今西の状態を調べた。腹から出血している。

「看護師を呼んできてくれ」

ブレグマンは二人の海兵隊員に命じた。

「しっかりしろ」

朝倉は出血箇所を手で圧迫しながら言った。鋭利なナイフで刺されたらしい。

「ヘマをしました。……でも、発信機を……二台のバイクに取り付けました」

今西は報告を終えると、気絶した。

4

午後七時五十分。タイグエン省バッハング。

総合病院の前には、三台の公安警察のパトカーと二台の人民軍のロシア製軍用四駆ＵＡＺ－４６９が停まっている。

朝倉と国松と中村の三人は、公安警察の現場検証に立ち会っていた。国軍の兵士は病室に仕掛けられていた二個の爆弾を運び出している。起爆装置は国松と中村が処理しており、爆発する危険性はなかった。爆弾と言っても威力は小さいが、プロパンガスのボンベに仕掛けてあり、爆発すれば病棟は全焼する可能性があった。

朝倉は犯人を追うつもりだったが、今西が負傷し、病院で緊急手術を受けることになったので追跡はブレグマンのチームに任せて警察の到着を待つことにしたのだ。今西の手術はさきほど終わっている。傷は深いが臓器を逸《そ》れているため、命に別状はないらしい。ただ、出血が多かったのでしばらくは安静にする必要があるそうだ。

「いつまでここに閉じ込めておくんですかね」

中村は病院の受付前にある待合室の中をうろうろしていた。

朝倉と国松と中村は、爆発現場と爆弾処理に立ち会い、事情聴取にも応じた。だが、協力した後は、待合室で待機するように地元の警察に言われて従っている。待合室にもなっているホールの出入口には三人の公安警察官が立ってこちらを監視していた。

「地元の警察官は地方の捜査隊に所属している。死人は出ていないが、病院内で手榴弾が爆発したんだ。大事件だけに手を余らせているのだろう。彼らは捜査局の幹部を待っているんだ」

朝倉はベンチに座っている。国松は別のベンチに座って眠っていた。爆弾の解除をしたことで疲れ切ったようだ。

両開きのドアが乱暴に開かれ、公安警察捜査局のグエン中佐と公安警察捜査隊のファム大尉が現れた。

「あなたたちは捜査から外れろと要請したはずだ」

グエンが大声で怒鳴った。

「たまたま日本大使館に治験者がこの病院に入院しているという情報があり、確認のため急行したんです。ところが、爆発物が仕掛けてあることが分かったので、爆発寸前で食い止めることができました。緊急を要したので、連絡できなかったんですよ」

朝倉は笑顔で言った。

「……現場を確認します。ちょっといいですか？」

グエンは朝倉に目配せし、部下とファムを残して受付近くにあるエレベーターに乗り込んだ。

朝倉は無言で付き合った。

「部下の手前、大声を出してすみません」

エレベーターのドアが閉まると、グエンは気不味《きまず》そうな顔で謝った。捜査の協力を断ったのは局長の指示だったため、立場を守るべく不遜な態度を取ったのだろう。

「理解しています。ただ、緊急事態だったことも事実です」

朝倉は冷めた表情で言った。

「そうだと思います。我々の捜査は情報を頂いたにも拘わらず、何も進展していません。この爆弾騒ぎは、いったいどうなっているんですか？」

グエンは上目遣いで言った。

「敵の正体は、元軍人らしいのです。彼らは日本とベトナムでワクチンの副作用が悪化した治験者を抹殺しているようです。副作用の症状が重いことが公になれば、製薬会社の研究開発は中止になり、賠償問題にも発展するでしょう。そのために、暗殺のプロが関わっているようです」

朝倉はあえて犯人が元米国軍人であるとは明かさなかった。いずれは分かるだろうが、彼らに素性を教えれば、犯人に対して感情的になる可能性があるからだ。

また、韓国の警察の知り合いに密かに打診していた。以前の合同捜査でパイプがあるのだ。韓国でも治験は行われたようだが、問題は発生していないらしい。おそらく、ワクチンの製造ロットが違い危険性はないのだろう。

エレベーターが二階に到着し、グエンは口を閉ざして廊下に出た。手榴弾が爆発した場所は規制線のテープで囲ってあり、警察官がその前に立っている。

「煙草を吸ってこい」

グエンは警察官に命じた。院内では吸えないので、外に出て行くことになる。

警察官はグエンに敬礼すると、近くの階段室に姿を消した。

「二人の犯人と接触しました。彼らは脱出するために手榴弾を使ったのです。ただ、バイクは三台あったので、もう一人いたと思われます。彼らは五人いるはずなので、どこかで合流するのでしょう」

「病院で手榴弾を使うなんて、異常だ。この病院にも治験者が入院していたんですね」

グエンは廊下の爆発痕を見て首を横に振った。理由は分かったようだが、容赦なく人を殺す手口が許せないのだろう。

「多分そうでしょう。それから、バクニン省のトゥーソンの火災で死亡した被害者の中に最近までロンビエン市場で働いていた人物がいたようです」

「本当ですか？」

グエンは目を見開いて聞き返した。

「犯人は、治験の被験者を確実に発見し、抹殺しているのです。冷酷な暗殺者であると同時に腕利きの調査員のようですね」

朝倉は腕組みをして答えた。

「犯人はまた犯行を繰り返すのでしょうか？　もう居所は分からないんですよね」

グエンは険しい表情で尋ねた。

「実は別のチームが追っています。できれば彼らと合流したい。一チームでは対処できる相手ではないんです」

ブレグマンからはまだ移動中だと聞いている。ハノイ市に向かっているらしい。

「もちろんです。ただ、条件があります。我々もチームとして参加させてもらいたい。殺害されているのはベトナム人なんですよ」

グエンは朝倉の瞳を覗き込むように言った。

「了解です。こちらも条件があります。銃の携帯と発砲許可をください」

朝倉はグエンを見返した。グエンはオッドアイの瞳の変化に気が付いたらしく、ぎょっとしている。

「……いいでしょう。許可します」

グエンは生唾を飲み込んだのか、喉を鳴らして頷いた。

「すぐに出かけましょう」

朝倉は非常階段を駆け降りた。

5

午後十時五分。

エクスパンダーと公安警察局の二台のパトカーは、ハノイ－タイグエン高速道をひたすら南に向かっている。

ブレグマンのチームは犯人を追って四十数キロ先を進んでいる。元オレンジ・チームの五人は合流するかと思ったが、三人の男たちはひたすらベトナムを南下していた。だが、二十分ほど前に高速道路から一般道に入り、西に向かっていた。

朝倉のスマートフォンが振動した。ブレグマンからの電話である。

「どうした？」

朝倉は通話ボタンをタップした。

――ターゲットはトースアン空港に侵入した。空港は現在閉鎖されているが、我々も突入する。

「やはりそうか。待ち伏せかもしれない。慎重に行動しろ」

朝倉は今西がバイクに取り付けたＧＰＳ発信機で、空港に向かっていることは分かっていた。国内線の地方空港のため、この時間帯は機能していないはずだ。

――分かっている。ひょっとして奴らは他の二人と合流するかもしれない。心配するな。まずは監視を徹底するよ。空港の情報は、ローレン分析官からそちらにも情報がいくようにする。以上。

ブレグマンからの通話は切れた。

「人気のない空港は、隠れるのにはもってこいですよ」

運転席の中村は、通話を漏れ聞いて一人で頷いている。

「それだけならいいんだがな」

朝倉は首を傾げた。隠れる場所ならここまでいくらでもあったからだ。最悪航空機で脱出する可能性もある。国外に逃げられたら、完全に見失うだろう。

十分後、ブレグマンからスマートフォンに電話が掛かってきた。追跡していた男たちは四番の格納庫に入ったと連絡をすでに受けている。

――軽飛行機のエンジン音が聞こえる。逃走するつもりだ。離陸されたらもう追えない。格納庫に侵入する。以上。

「深追いするな！」

朝倉は叫んだが、その前に通話は切れた。折り返し電話を掛けたが作戦に入ったらしく、電源は切られている。

「中村。急げ！」

「はい！」

中村はアクセルを踏み込んだ。

三十分後、三台の車はトースアン空港に到着した。空港ビルの右側にある道路は滑走路に通じており、ゲートは閉じられている。衛星画像で確認したが、空港ビル前の道は空港敷地に沿って北西に延びており、二・五キロ先に滑走路に入る道があった。

「格納庫は滑走路の西の端にある。空港ビル前の道を使うんだ」

朝倉はスマートフォンを手に言った。ブレグマンに電話を掛け続けているのだが、通じないのだ。

空港ビルは敷地の東にあり、三千百五十メートルの滑走路は北西に向かって伸びている。

「了解！」

中村は街灯もない道路を猛スピードで走り、朝倉が指示した滑走路に続く道の前で停止した。ゲートは開かれたままになっている。

ローレン分析官からの情報では、ゲートの百八十メートル先に格納庫前のエプロンがあるらしい。左側に一番から三番まで番号が振られた格納庫があり、右側に四番から十三番までの番号が付けられている格納庫が連なっているそうだ。ブレグマンのチームは右側の端にある四番の格納庫に突入したと連絡を受けている。

「ライトを消して百メートル先で停止」

朝倉は衛星画像を見て命じると、後続のパトカーに乗るグエンに無線で連絡した。彼らの無線機の周波数と合わせている。

中村はライトを消して右折すると、ゲートを過ぎて百メートル先で車を停めた。

車を降りると、銃を構えて暗闇を進む。朝倉は国松と中村に格納庫の裏手から反対方向に出るように指示を出し、グエンら警察捜査隊に手招きして後ろに続くように指示した。

国松らは倉庫に沿って東の方向に走って行く。

朝倉は四番格納庫の西の壁に沿って進み、その角で拳を握って止まった。

――こちらバラクーダ。位置に着きました。四番はシャッターが少し開いています。

一分後、国松から無線連絡が入った。

「了」

朝倉は短く答えると、四番格納庫の前に回り込んだ。国松らは二十メートルほど東側で待機している。

幅が四十メートルある格納庫には巨大なシャッターが下りており、四番格納庫だけ六十センチほどシャッターが開いていた。ブレグマンが先に突入しているはずなので、待ち伏せしている可能性は少ないだろう。だが、油断は禁物である。

「我々が中を確認する。待機していてくれ」

朝倉はグエンに小声で指示した。

——突入。

無線で国松らに命じると、シャッターの下を転がって侵入する。

内部は鼻先も見えない闇に包まれていた。

しばらく動かずに様子を窺うと、ハンドライトを点灯させて床に転がした。手に持っていると敵の的になるからだ。変化がないのでハンドライトを拾い、内部を照らした。

旧型のヘリコプターであるUH－1、通称イロコイが一機あるだけで、中はがらんとしている。格納庫の奥に五台のオンロードバイクが停めてあるので、オレンジ・チームがここで合流したことは間違いなさそうだ。

「……俊暉」

ブレグマンの弱々しい声が聞こえる。声のする方向にライトを照らすと、ドラム缶の後ろに人の足が覗いていた。

「アラン！」

ドラム缶を回り込んだ朝倉は、血に塗《まみ》れたブレグマンを発見した。近くにマルテスと二人の海兵隊員も倒れている。

「しっかりしろ！」

朝倉はブレグマンの体を調べた。右足と左肩に銃弾を受けている。急所は外れているが、足の出血が多い。国松と中村は他の三人を診《み》ている。

「……待ち伏せされた」

ブレグマンは苦しそうに言った。

「こちら朝倉。負傷者がいる。すぐに救急車を手配してくれ」

朝倉は無線でグエンに連絡すると、医療キットのポーチから止血帯を出してブレグマンの太腿《ふともも》の付け根を縛り付けた。

「奴らは、……軽飛行機のエンジンをかけて格納庫の中で待ち伏せしていた」

ブレグマンは悔しげに言った。

「分かった。今は休め」

朝倉は二ヶ所の傷の止血処置を終えると、スマートフォンを出した。いつも使っている物とは違う傭兵代理店から支給された極秘のスマートフォンである。

日本の傭兵代理店は防衛庁時代に出来た特殊機関で、現在は独立して民営化されている。日本では非公式の存在のため、その存在を知る者は防衛省の中でもごく一部に限られていた。

朝倉は傭兵代理店に登録がある傭兵の藤堂浩志《とうどうひろし》の紹介で、代理店のサービスを特別に受けられるようになった。だが、極秘の組織からの情報は裁判では使えないので、サービスを受けることに抵抗があるのだ。

支給されたスマートフォンの側面ボタンを二度押してから長押しした。これは緊急信号を発信したことになる。現在時刻は午後十時五十六分、日本は午前一時近いので、電話を掛けるより早く反応してくれると思ったのだ。

間髪を容れずにスマートフォンの画面に「ご用件は？　電話してもいいですか？」というショートメールが入った。緊急信号を入れると、代理店で朝倉の位置情報をはじめとした様々な情報を取得し、バックアップ態勢に入ると聞いている。

朝倉は「電話をお願いします」とメールを返すと、すぐにスマートフォンに電話が掛かってきた。

「朝倉です。殺人部隊を追跡中です。現在ベトナムのトースアン空港にいます。二十分ほど前にここから軽飛行機が離陸したはずです。追跡できますか？」

通話ボタンをタップし、駄目元で尋ねた。

——もちろんです。お待ちください。

落ち着いた女性の声が返ってきた。土屋友恵《つちやともえ》という代理店スタッフである。彼女は天才ハッカーで、米軍の軍事衛星すらハッキングできると聞く。

——所有者不明のセスナ２０６が、二二二九《ふたふたふたく》、二十七分三十秒前に離陸し、ホーチミン方面に向かって飛行中です。セスナにロックオンし、監視活動をしますか？

十秒ほどで友恵はこともなげに答えた。

「お願いします！」

朝倉はスマートフォンを握りしめ、右拳を振った。

フェーズ11：ホーチミンでの闘い

1

七月十四日午後十一時十三分、トースアン空港。

格納庫前のエプロンに複葉、星形レシプロエンジンのアントーノフＡｎ－２が牽引《けんいん》されていた。二番格納庫に収容されていた空軍が所有する機体で、現在は農薬散布や貨物輸送等の作業任務についているそうだ。

夜中に叩き起こされた空港職員と空軍兵士がＡｎ－２に給油し、整備を行っている。彼らは敷地内の宿舎に寝起きしているのですぐ対応できるらしい。

犯人らに待ち伏せ攻撃を受けたブレグマンとマルテスは重傷だが、命を取り留めるだろう。だが、二人の海兵隊員は死亡していた。ブレグマンらは二十分ほど前に軍用トラックで運ばれている。国松に同行するように命じた。四十キロ離れたタンホアという地方都市に病院があるそうだ。

犯人らがセスナ２０６に乗って四十三分経過しており、空港から百九十六キロ南南東の上空にいる。

傭兵代理店の友恵が、旧型の米軍事衛星で監視しており、正確な位置が分かっている。

方角から考えてカンボジアに脱出する恐れはなさそうだ。南下していることを考えれば、海岸線沿いにホーチミンを目指しているに違いない。また、犯人がアジトに残した二枚目の地図のチェックマークはホーチミンであった。彼らの目的地はそこに間違いないだろう。

この空港で利用できる機体は、ＵＨ－１とＡｎ－２だけらしい。だが、ホーチミンまでは千五十キロあり、ヘリコプターのＵＨ－１の航続距離は四百十キロ程度で話にならない。燃料タンクを改良したＡｎ－２なら航続距離は千百キロあるため選択の余地はなかったのだ。

しかも、グエンは空軍時代に輸送機のパイロットをしており、若い頃Ａｎ－２を練習機として訓練を受けていたそうだ。

「夜明けを待って、国内線でホーチミンに行った方がいいんじゃないですか？　そもそも他の国なら博物館行きのオンボロですよ」

中村がＡｎ－２を見ながら朝倉に耳打ちをした。Ａｎ－２が運用を開始したのは、一九五六年である。目の前の機体も製造されてから六十年以上経っているだろう。朝倉も実機を見るのは初めてである。

「夜明けまで七時間、ホーチミン行きの便は空港が開く九時間以上先だぞ。骨董品でも飛ぶだけましだ」

朝倉も外見的にもかなりガタがきている機体に一抹の不安を覚えているが、グエンが空港職員に発破を掛けているので平気な振りをしている。彼はパイロットとしての腕前を見せられると張り切っているのだ。

Ａｎ－２がレシプロエンジンの排気管から黒い煙を勢いよく吐き出し、プロペラを回転させた。同時に作業員らは飛行機から離れた。整備が終了したらしい。

「乗ってくれ！」

グエンが操縦席の窓を開けて手を振った。

朝倉と中村が左翼側にあるハッチから飛び乗ると、ハッチが閉じる前にＡｎ－２は動き出した。機内は貨物室として使っているらしく、壁面の折り畳み座席が六つあるだけだ。右翼側に吊り棚があり、パラシュートが数個載せてある。軍用機として最低限の装備は整っているようだ。

「ミスター・朝倉。コックピットに来てくれ」

グエンが大声で叫んだ。これまで何度も顔を合わせているが、これほど元気そうに振る舞っているのを見るは初めてである。

「副操縦席に座ってくれませんか」

朝倉がコックピットに入ると、グエンはヘッドセットを渡してきた。打ち合わせをしたいのだろう。プロペラ機だけに騒音がうるさい。ヘッドセットを装着すれば、なんとかマイクが声を拾ってくれる。

「犯人の狙いはホーチミンのどこですか？　そもそもなぜ目的地が分かったのですか？」

グエンは朝倉が敵の目的地を知っているのを不思議に思っているようだ。

「実は彼らのアジトに作戦地図が残されていたんです。最後の目的地はホーチミンのビテクスコタワーでした。ただし、巨大なビルだけにそれ以上詳しい情報は得られていません」

朝倉はポケットから例の地図を出して答えた。

〝ビテクスコ・フィナンシャルタワー〟は、二〇一〇年十月に竣工した高さ二百六十五・五メートル、地上六十八階、地下三階のベトナムで二番目に高い高層ビルである。ちなみに一番高いのは、二〇一八年七月にオープンした〝ランドマーク81〟である。

「なるほど。あのビルに治験者がいるとしたら大変なことになりますよ。あのビルは商業施設だけでなく、マンションも入っている。マンションエリアに爆弾でも仕掛けられたら、何百人という被害者が出てしまう」

グエンは地図を見て渋い表情になり、首を振った。

「この飛行機で追いつけますか？」

朝倉は単刀直入に尋ねた。

犯人らのセスナ２０６の巡航速度は時速二百七十二キロ、一方、朝倉らが乗っているＡｎ－２の巡航速度は時速百八十五キロ、しかも彼らの方が四十分以上先行している。距離も時間も追いつくことはあり得ないのだ。

「あなたは、この国の地形を理解していない。ベトナムの陸地はS字型をしており、南北に約千六百五十キロもあります。犯人らは都市部や山間部を避けて、海岸線沿いに飛んでいるようです。しかも、未許可なので、ホーチミンのタンソンニャット国際空港には着陸できない。着陸するとしたら、ホーチミンを通り越し、タイランド湾に面したキエンザン省にあるラックザー空港しかありません。あの空港の警備は緩い。夜間にこっそり着陸すれば、誰も気が付かないでしょう」

グエンは朝倉の持っている地図を使って説明した。

「なるほど」

朝倉は大きく頷いた。

「ラックザー空港からホーチミンまでは二百キロ以上距離があります。車が用意されていたとしても、ホーチミンまで四時間は掛かるでしょう。トースアン空港から海岸線沿いのルートを使えば、約千五百キロ、巡航速度で五時間半、車での移動も含めれば十時間は掛かるはずです」

グエンはここまで理解できたかと言わんばかりに朝倉を見た。朝倉は頷いて話を促した。

「一方、私は、隣国の空域も無視してほぼ直進します。タンソンニャット国際空港までの距離は約千五十キロ、巡航速度で飛べば六時間ですみます。空港から車を飛ばせば、三十分で現地に到着するでしょう」

グエンは地図を右指の先で軽く叩きながら澱みなく言った。隣国のラオスとカンボジアの防空システムを知り尽くしているようだ。この男は飛行機に乗った途端に水を得た魚のように頭も冴えている。

犯人らは午後十時二十九分に離陸し、目的地到着は十五日の午前八時半。一方、朝倉らは午後十一時三十二分に離陸しており、目的地には午前六時ごろに到着することになる。ビテクスコタワーで待ち伏せしなくても、途中で検問を設けて逮捕することもできるだろう。

「素晴らしい。お任せします」

朝倉は笑顔で頷いた。

2

七月十五日午前四時十五分。

朝倉を乗せたＡｎ－２は、トースアン空港から八百四十キロ、カンボジア南東部にあるスレ・アンドル村の四千メートル上空を飛んでいた。

「もうすぐ、カンボジア国境を越えます」

グエンは額に浮いた汗を制服の袖で拭った。

飛行コースはほとんどラオスからカンボジアの山岳地帯やジャングルの上を通るようにしていた。もっとも夜間のため気にする者はいないだろうが、それでも他国の領空を許可なく飛行しているので緊張の連続だったらしい。

「そろそろ。連中のセスナはラックザー空港に到着する時間ですね」

副操縦士席の朝倉は腕時計を見ながら後ろを振り返った。

貨物室の国松や中村だけでなく、グエンの部下も全員床に横になって眠っている。退屈な移動では眠ること以外にすることはないので無理もない。

傭兵代理店から支給されたスマートフォンが、朝倉の言葉に答えるように振動した。飛行機に乗ってから衛星通信モバイルルーターの電源を入れておいたのだ。友恵からの電話である。

「はい。朝倉です」

――こちらモッキンバード。標的はラックザー空港に着陸しましたが、問題発生です。

友恵は冷めた口調で話し始めた。朝倉がスピーカーモードにしていないので、日本語で話している。彼女はその場の状況に応じて英語や中国語に切り替えることもできるマルチリンガルなのだ。

「……はい？」

朝倉は相槌の返事だけした。

――空港にベル４０７が駐機しています。セスナ２０６から降りた五人の男たちは、どうやら乗り換えるみたいです。

「本当ですか！」

朝倉は声を上げた。ベル４０７は、汎用性のあるヘリコプターで巡航速度は二百四十六キロある。ラックザー空港からビテクスコタワーまで二百キロ以上離れているが、ヘリコプターを使えば一時間足らずで移動できるだろう。

――まだ離陸していませんが、ローターはすでに回転しているのでまもなく離陸するでしょう。

友恵は淡々と言う。

「連絡ありがとうございます」

朝倉は頭を下げて、通話を終えた。

「どうしたんですか？」

グエンは朝倉の声の調子に疑問を覚えたのだろう。

「標的はラックザー空港に着陸したそうです。ただ、移動の為に用意されていたのは、車ではなく、ヘリコプターだったようです」

朝倉は残念そうに答えた。彼らのクライアントは富豪のクレイブ・ロバーツということを忘れていた。

「それじゃ、我々がタンソンニャット国際空港に着陸するころには、彼らは目的地に到着してしまうということですか」

グエンは大きな舌打ちをした。

「車を飛ばせば、三十分ですよね。まだ諦めるには早いですよ」

朝倉は言ってはみたものの気休めに過ぎないことは分かっている。

「ビテクスコタワーを封鎖するように、ホーチミンの捜査局に連絡します」

グエンは飛行機の無線機を使って連絡を試みた。だが、五分ほど無線機に話しかけたが応答はなかった。

「すみません。スマートフォンを貸していただけますか？　ホーチミンの捜査局の幹部に直接連絡してみます」

「どうぞ」

朝倉は自分の個人用のスマートフォンを渡した。傭兵代理店から支給されたスマートフォンは、本人以外使えないシステムになっているからだ。

グエンは早速電話をかけると、怒鳴り声が漏れ聞こえる。電話の相手は、夜明け前に起こされたので怒っているのだろう。

「まったく、どいつもこいつも。日本の捜査機関がこの国のために働いているのに。……我々は孤立無援です。空港が機能していることがせめてもの救いです」

グエンはすまなそうな顔でスマートフォンを返してきた。

「とにかく急ぎましょう」

朝倉は溜息を殺して言った。

3

午前五時二十分。

Ａｎ－２は、ホーチミン郊外の都市トゥーダウモト上空を飛行していた。

「あと十分ほどで到着です」

グエンは首を傾げながら言った。さきほどから燃料計を指先でトントンと叩いている。燃料がエンプティに近いことは朝倉にも分かった。

「敵もそのようですね」

朝倉は傭兵代理店のスマートフォンの画面を見ながら返事をした。このスマートフォンには友恵が開発した戦略プログラム〝TC2I〟が搭載されている。米軍の〝C4I〟システムを参考に開発した優れもので、地図や衛星画像上にドローンや軍事衛星の情報が反映されるようだ。

傭兵代理店に登録している傭兵は、このシステムのサービスを受けることができ、紛争地で活用していると聞く。紛争地では戦車や装甲車の位置情報が分かるらしい。このシステムの元となった米軍の〝C4I〟は、さらに自軍の航空機などと情報が共有できると聞く。いつの時代も文明は戦争によって劇的に進化するものだ。

画面にはホーチミンの衛星画像上にAn－2が緑のポイントで、ベル407の位置情報が赤いポイントで表示されている。

「えっ？　分かるんですか？」

グエンは一テンポ遅れて反応を示した。

「えっ、ええ。フライトレーダーというアプリです。意外と優れものなんですよ」

朝倉は画面を切り替えた。実際、民生のアプリだが世界中の管制塔レーダーの情報がネットワークで繋がっているらしく、リアルタイムに航空機の位置情報や発着時間や航路などを見ることができるのだ。だが、未登録の航空機は表示されない。

「凄いですね。後で私にも教えてください」

グエンはにこりとした。少しは緊張がほぐれたようだ。

「ベル407は十分前後でビテクスコタワーに到着するでしょう」

朝倉は呟くように言った。ビテクスコタワーにはヘリポートがある。ベル407は直接着陸するのだろう。そのころ、An－2はようやくタンソンニャット国際空港に着陸する。どんなに頑張ったところで三十分以内にビテクスコタワーに到着することはもちろん、オレンジ・チームの陰謀を阻止することはできない。

「……待てよ。ビテクスコタワー上空にコースを取ってくれ」

朝倉はヘッドセットを外して立ち上がると、グエンに指示をした。ホーチミンの高層ビルが夜明け前の薄闇の中に見えてきた。

「はい？」

グエンは首を傾げながらも操縦桿《かん》を握っている。

朝倉はグエンの肩を叩くと、コックピットを出た。An－2はコックピットと貨物室との仕切りがない。自分のバックパックから医療キットを入れているポーチを出すと腰にぶら下げ、グロックを仕舞う。タクティカルポーチなので、収容力はある。右足首にはタクティカルナイフを収めたシースを巻く。

「どうしたんですか？」

さすがに国松は起きていた。中村は手枕で床に眠っている。

「起きろ。もうすぐ着陸するぞ」

朝倉は中村の背中を軽く足で蹴った。

「なっ、なんですか？」

中村は飛び起きると、周囲をキョロキョロと見た。

「着陸だ。俺は別行動をとる。おまえも来るか？」

朝倉は棚からパラシュートを取り出した。

「まさかとは思いますが、パラシュート降下するつもりですか？」

国松が目を丸くして尋ねた。

「敵に追いつくにはそれ以外の方法はない」

朝倉はふんと鼻息を漏らし、中村を見た。もっとも朝倉も思いついたのは二十秒ほど前だ。

「私は降下訓練を受けたことはないので、ご一緒したいのはやまやまですがお断りします」

中村は苦笑して頭を掻いてみせた。

「無謀すぎます。他人が整備したパラシュートを使う気ですか？　しかも、高層ビルに激突したら死にますよ」

国松はどうやら反対のようだ。正論である。空挺団時代も特戦群時代も降下訓練の際は、自分でパラシュートを畳みコンテナに収めて、整備したものだ。

「連中の殺戮《さつりく》を止められるのは、俺だけだ。ここで行動しなければ、また被害者が出るんだぞ」

朝倉はパラシュートを一つ一つ取り出し、一番ハーネスが痛んでいないものを選び出した。さすがに中を取り出して調べることは時間的にも難しいので、外見で選ぶほかない。

良さそうなパラシュートを担ぎハーネスを取り付けると、コックピットに戻った。

「高度を千二百メートルまで下げてくれ」

「まさかとは思ったが、パラシュート降下するんですか。自殺行為だ」

グエンは首を横に振っている。パラシュートを装着する前に頼めば断られると思ったからだが、答えは同じらしい。だが、駄目ならさっさと飛び降りるまでだ。

「空港に着陸してからでは遅いんですよ。ベトナム人にまた被害が出てもいいんですか？」

朝倉はグエンの肩を摑んで尋ねた。

「……分かりました。この時間帯ホーチミンは西風が吹くことが多いです。しかも五十二階にあるヘリポートは、東向きのノッポのビルが巨大なトレーを咥えているような形をしています。西側からビルを巻き込むような形で降下しないと、ヘリポートには着地できないでしょう」

グエンは操縦桿を微《かす》かに右奥に倒した。すでに着陸態勢に移っていた為に高度はかなり低くなっている。タンソンニャット国際空港は右手に見えていたが、すでに通り越していた。

「あれは！」

グエンが声を上げ、右手を西の方角に向けた。

「くそっ！」

朝倉は鋭い舌打ちをした。

ベル４０７が、西の方角からまっすぐビテクスコタワーに向かっているのが視認できた。二、三十秒で着陸するだろう。みるみるうちにビテクスコタワーに近付くと、南側からホバリングをしながら近付いている。

「高度を千メートルまで落としてくれ」

朝倉はグエンに指示をした。少しでも連中に追い付くには高度を下げるほかない。ヘリポートが五十二階なら地上から二百メートルほどの高さになるだろう。高度千メートルに落としても八百メートルの余裕がある。

「了解」

グエンが再び操縦桿を押した。

コックピットを出ると、急いで後部ハッチまで駆け寄る。

「ボス！」

中村が走り寄って自分のグロックからマガジンを抜いて差し出した。

「副局長。後で駆けつけます」

入れ替わって国松はグロックごと渡してきた。ブレグマンからは予備マガジンまで与えられていないのだ。そのため、一人十発の銃弾を持っているに過ぎない。銃撃戦になったらあっという間に消耗してしまうだろう。

「サンキュー」

朝倉はマガジンとグロックをタクティカルポーチに突っ込むと、ハッチを開いた。突風が貨物室を駆け巡る。

顔を覗かせて位置を確認すると、機外に飛び出した。ビテクスコタワーの西側上空である。タイミングはばっちりだ。

陸地から海に向かう西風が吹いている。リップコードを引いてパラシュートを開く。そのままビテクスコタワーに近付くように六百メートルほど降下し、左トグルを引いてビルの南側に回り込んだ。前方眼下にサイゴン川が見える。

「いいぞ」

朝倉はわずかに左トグルを引いた。ビルを巻き込むように左に旋回するのだ。ヘリポートにベル407が停止しているのが見えてきた。すでにローターも止まっている。

突然下から突風が吹く。建物に当たった風が上昇するビル風だ。

風に押しやられて体が一瞬浮いたかと思うと、急激に下に引っ張られた。パラシュートのラインが捻《ねじ》れて揚力を失っているのだ。

あっと言う間に降下し、ヘリポートのエッジに激突した。気が遠くなったが、なんとか手摺に摑まった。額を切ったらしく、血が目に染みる。

「えっ！」

今度は後方に引っ張られる。首だけ後ろに回すと、捻れていたはずのラインがいつの間にか元に戻り、パラシュートが開いているのだ。

朝倉は左手だけで手摺に摑まると、右手でハーネスのバックルを解除し、パラシュートを外した。解放されたことを喜ぶようにパラシュートは、空高く舞って西の空に飛んでいった。

「ふう」

大きく息を吐くと、手摺をよじ上り、頭からヘリポートに落ちて大の字になる。

休んでいる暇はない。

朝倉はタクティカルポーチからグロックを抜くと、膝を突いて立ち上がった。

銃弾が手摺に当たって跳ねた。

ヘリポートの出入口から銃撃されたのだ。

朝倉は低い姿勢からヘリポートの床を転がりながら銃撃した。肩を狙ったが、男が動いたため銃弾は首を掠めた。左首から夥《おびただ》しい血が噴き出す。頸動脈を貫通したらしい。

駆け寄って男の右手を蹴り、銃を後方に飛ばした。スプリングフィールドＸＤＭである。

「オッドアイ！」

男は左手で傷口を押さえながら笑っている。病院で闘った二人の男の内の一人だ。仲間の姿はない。見張りとして残っていたのだろう。手を離せば、数秒で死に至る。もはや生き延びる術はない。

「何がおかしい？」

朝倉は首を傾げた。

「俺たちは、民間人を殺す仕事を請け負って……兵士から亡者に成り下がった。いつか死神に召される日が来ると思っていたが、……今日だったとはな」

男の顔色が青ざめてきた。早く尋問しないと時間切れになる。

「仲間はどこだ？」

朝倉は男の右手を足で踏みつけた。ポケットに手を入れようとしたからだ。手榴弾を喰らうのは、こりごりである。

「オッドアイが必ず来るとボスは言っていた。……俺たちは笑ったが、本当だった。……六十四階ノースサイドでボスが待っている」

男は息継ぎしながら話すと、笑いながら左手を離した。再び血が吹き出し、男は白目をむいて動かなくなった。

ＸＤＭを拾ってズボンに差し込んだ。朝倉はビルの出入口に立ったが、ドアはロックされている。男の体を調べると、右ポケットからカードキーが出てきた。男がポケットに手を入れようとしたのは、朝倉にカードキーを渡そうとしたようだ。

カードキーをセキュリティスキャナに翳《かざ》してドアを開け、エレベーターホールで最上階まで行くエレベーターに乗り込む。だが、階床ボタンを押しても反応はない。朝倉はパネル下にあるセキュリティスキャナにカードキーを翳し、六十四階の階床ボタンを押すと、ライトが点灯した。

「オーケー」

エレベーターが動き出し、朝倉は銃を構えてドアが開くのを待った。

ビテクスコタワー六十四階、ノースサイド。

ジョン・ニコルズは、八十平米ほどの広さがあるオフィスの窓から眼下に広がる景色を見ていた。北北西の方角にホーチミン歌劇場、北北東の方角にはホーチミンの新しいシンボルであるランドマーク81が見える。

「実にいい眺めだ。こんなオフィスを世界中にいくつ持っているんだ？」

ニコルズは窓の外を見ながら尋ねた。三人の部下は隣室にあるバーで待たせてある。

「忘れたよ。少なくともG20やEU主要国、ASEAN諸国にもある」

アロハシャツを着たロバーツはゴルフのパターを数回振ると、パターマットに載せられているゴルフボールの前に立って答えた。だだっ広い部屋には執務机が一つだけ置かれ、エヴァンウィリアムスの二十三年もののボトルと二つのグラスが置かれている。

「どうして、ベトナムに来たんですか？　我々に報酬を払うのなら、口座に振り込めば済むでしょう？」

ニコルズは振り返って尋ねた。報酬はホーチミンのオフィスで払うと言われていたのだ。

「今の米国は居心地が悪いんだ。もっとも、トランプが復帰すれば、我々富裕層にとっていい社会に戻る。私はその為に多額の献金をしてきた。彼が大統領になったら、私はホワイトハウス入りする。君たちをサポートするのにだって、色々と働いただろう」

ロバーツはゴルフボールをパターで打ち、マットのホールに沈めた。

「世間話をするのなら、帰らせてもらう。疲れているんだ。シャワーを浴びて眠りたい」

ニコルズはパターマットを跨いで部屋の反対側にある出入口に向かった。

「待ってくれ。たまには一緒にバーボンを飲まないか」

ロバーツはパターを机の上に置くと、エヴァンウィリアムスのボトルを摑み、二つのグラスに注《つ》いだ。

「俺は上等な酒を飲むと、悪酔いするんだ」

ニコルズは鼻先で笑うと、出入口のドアを開けた。

ボディーアーマーを着用した四人の男が、サブマシンガンのH&K MP7の銃口をニコルズに向けて立っていた。

彼らの向こうにニコルズの三人の部下が倒れている。

「むっ!」

ニコルズはMP7ではなく、倒れている部下を見て眉を吊り上げた。

「分かっただろう。私と酒を酌み交わそう」

ロバーツはバーボンを飲みながら笑った。

「どけ!」

ニコルズは銃口を恐れることもなく四人の男たちを掻き分け、部下たちの顎の下に指を当てて脈を測った。三人ともすでに事切れている。

「そういうことか。やはり今回のワクチンは失敗ではなく、成功だったんだな。口封じか」

ニコルズは立ち上がると、四人の男たちを無視して再びオフィスに足を踏み入れた。

「口封じ？　人聞きの悪い。私は今回の治験の成功を祝いたいだけだ。エムポックスは来年から一年間猛威を振るい、世界人口の五分の一が失われるだろう。しかも、流行はロシア、中国、北朝鮮の社会主義圏と中東のイスラム圏において集中することになる。なぜならワクチンの二型をこの地域の水源に混入させるからだ。一年後、ワクチンの三型を売り出し、エムポックスを収束させる。米国の敵を弱体化させ、自由主義が勝利を収めるのだ」

笑顔を浮かべたロバーツは演説のように声を張った。

「その理論で政治家を味方に付けているのか。おまえは病原菌を撒き散らし、ワクチンで儲けたいだけだろう」

ニコルズは執務机に近づき、バーボンのグラスを手に取ると、机の端でグラスを割り、破片をロバーツの胸に突き刺した。

ロバーツが倒れると、四人の男たちは一斉にニコルズを銃撃した。

5

朝倉は六十四階でエレベーターを降りると、グロックを手にノースサイドに向かって走った。

廊下の北の突き当たりにドアがあり、内側から凄まじい銃声が聞こえてきた。

銃を構えると、ドアを蹴破る。

三人の男たちが床に倒れていた。その内の一人は顔に見覚えがあった。

銃声は奥の部屋からだ。朝倉が手前の部屋に足を踏み入れると、MP7を手にした男たちが奥の部屋から現れて銃口を向けてきた。ドアを蹴破った音に反応したようだ。

MP7が火を吹く。

朝倉は左横に飛びながら連射し、全弾を男たちの眉間に命中させる。ボディーアーマーを着用していたので、露出部分を狙うほかなかったのだ。

背中から床に落下し、後ろ受け身を取って立ち上がった。

「くっ！」

思わず膝を突いた。避けたつもりが右肩に銃弾を受けていたのだ。

朝倉は銃を左手に持ち替えて、隣りの部屋に突入した。

全身に銃弾を受け、虫の息の男が床に横たわっている。彼がオレンジ・チームのリーダー、ジョン・ニコルズだろう。その傍らにアロハシャツを着た男も倒れていた。

アロハシャツの男が、不意に起き上がる。

「何者だ！」

朝倉はアロハシャツの男に銃を向けた。

「私はクレイブ・ロバーツだ。この男に割れたグラスで胸を刺されたのだ。防刃ベストを着ていなかったら、死んでいた。君は捜査官だろう。この男を逮捕してくれ」

ロバーツは胸元が破れたアロハシャツをはだけると、わざとらしく防刃ベストを見せた。朝倉の正体を知っているようだ。

「ニコルズ。死ぬな。今、救急車を呼んでやる」

ロバーツを無視したまま、朝倉はニコルズの傍らに跪き声を掛けた。彼が事件を解明する鍵となる。死なせるわけにはいかないのだ。

「……」

ニコルズが何か呟いているので、朝倉は彼の口元に耳を近付けた。

「だが……」

朝倉は首を振った。

「……正義を……正義を」

ニコルズは朝倉の腕を摑んで必死に訴えた。

「……分かった」

朝倉はズボンに差し込んでいたXDMを抜いた。

「何をしている。さっさと死に損ないをこの部屋から摘み出せ！」

痺《しび》れを切らしたロバーツは大声で怒鳴ると、執務机の引き出しから銃を取り出して発砲した。銃弾は朝倉の左耳を掠める。朝倉は動じることなく、ニコルズの右手にXDMを握らせた。

「死ね！」

ニコルズが銃に反応し、ロバーツを銃弾がなくなるまで銃撃した。

ロバーツは後退《あとじさ》りし、銃撃でヒビが入った窓ガラスにもたれ掛かった。窓ガラスが音を立てて割れる。

「助けてくれ！」

ロバーツの体が、スローモーションのようにビルの外に弾《はじ》き出された。

「証言を残せ」

朝倉はスマートフォンを録音モードにし、ニコルズの口元に近付けた。

だが、ニコルズは両眼を見開いたまま微動だにしない。

顎の下に指を立てたが、脈はなかった。

「くそっ」

舌打ちをした朝倉はその場に座り込んだ。

フェーズ12：エピローグ

七月十九日午前八時二十分。市ヶ谷防衛省C棟。

制服姿の朝倉俊暉は、硬い表情でエレベーターを降りた。

廊下を進み、特別強行捜査局のドアを開けて部屋に入る。

「おはようございます」

「大丈夫なんですか？」

「出勤が早すぎますよ」

捜査官らが様々な声掛けをしてくる。朝倉は左手を上げるだけの軽い反応で返した。

ベトナムからは昨日帰国している。一連の事件のベトナムの捜査局からの聴取に応じたために帰国が遅くなった。国松と中村を先に帰したので、却って心配を掛けたようだ。

朝倉はまっすぐ通路を進み、局長室のドアをノックした。

「どうぞ」

柳沼の声が響く。

「失礼します」

朝倉は一礼し、部屋に入った。

「もっと、休んでいてもいいんですよ。肩の銃創も完治していないでしょう」

柳沼は朝倉に椅子を勧めた。

「これをお受け取りください」

朝倉は立ったまま制服のポケットから辞表を出し、柳沼の前に置いた。

「どういうことかな。説明してください」

柳沼は辞表には手を付けずに尋ねた。

「私は官憲として、一線を超えてしまいました」

朝倉は直立した姿勢で答える。

「私に納得がいく説明をしてくれませんか？」

柳沼は穏やかに言った。

「今回の事件で、私は殺人請負チームのリーダーとそのクライアントの修羅場に居合わせました」

朝倉はビテクスコタワーにパラシュート降下したところから話し始めた。まだ、報告書を書いていないのだ。

「すると、クレイブ・ロバーツの部下が、犯人グループのリーダーと部下を殺害したんだね。そして、現場に踏み込んだ君をロバーツの部下が銃撃し、君は反撃して殺した。この場合、正当防衛だ」

柳沼はどこが問題なのかと肩を竦めて見せた。

「問題は、瀕死のニコルズの言葉に乗せられて、彼の部下の銃を渡したことです。ニコルズがロバーツを銃撃し、結果的にロバーツは死亡しました」

朝倉は表情もなく答えた。

「ニコルズは死に際に何を言ったんですか。教えて欲しい」

「……彼はロバーツがエムポックスのパンデミックを起こして人類の五分の一を抹殺した後で、ワクチンを使って救世主になるつもりだと教えてくれました。ロバーツを殺すことで、最後に彼は人類を救ったのです」

朝倉は少し間を置いて話した。

「なるほど……」

柳沼は天井を仰いで大きな溜息を吐いた。

「殺人に加担したも同然、許されない一線です。ご理解ください」

朝倉は頭を下げた。ニコルズは「最後に正義を果たしたい」と言っていたのだ。朝倉はそれを叶《かな》えさせたかった。

柳沼は上を向いたまま固まっている。

五分ほど沈黙が続き、柳沼は重い口を開いた。

「口頭での報告は受けません。忘れてしまうからです。今聞いたことも忘れました。辞表は預かっておきます。あなたに一ヶ月の休職を命じます。休養を取ってください」

柳沼は厳然とした口調で言った。

「しかし」

「これは命令です。反論は許しません」

柳沼は手を振り、頑として応じない。

「失礼します」

朝倉は深々と頭を下げると、局長室を後にした。

本書は書き下ろしです。この作品はフィクションで、
実在する個人、団体等とは一切関係ありません。

装　幀
盛川和洋

写　真
Adobe Stock

渡辺裕之

1957年名古屋市生まれ。中央大学経済学部卒業。アパレルメーカー、広告制作会社を経て、2007年『傭兵代理店』でデビュー。同作が人気シリーズとなり、以後アクション小説界の旗手として活躍している。その他のシリーズに「新・傭兵代理店」「傭兵代理店・改」「暗殺者メギド」「シックスコイン」「冷たい狂犬」などがある。

証人殲滅《しょうにんせんめつ》

——オッドアイ

2025年2月25日　初版発行

著　者　渡《わた》辺《なべ》裕《ひろ》之《ゆき》

発行者　安部順一

発行所　中央公論新社

〒100-8152　東京都千代田区大手町1-7-1
電話　販売 03-5299-1730　編集 03-5299-1740
URL https://www.chuko.co.jp/

ＤＴＰ　ハンズ・ミケ
印　刷　大日本印刷
製　本　小泉製本

Published by CHUOKORON-SHINSHA, INC.
Printed in Japan　ISBN978-4-12-005886-8 C0093

定価はカバーに表示してあります。落丁本・乱丁本はお手数ですが小社販売部宛お送り下さい。送料小社負担にてお取り替えいたします。